Meine schönsten Weihnachtsgeschichten

Das Buch

Rosamunde Pilcher hat ihre Lieblingsgeschichten für die Weihnachtszeit zusammengetragen. In diesen Erzählungen werden die britischen Weihnachtstraditionen lebendig: mit Weihnachtsliedern und Mistelzweig, mit Plumpudding und Strümpfen am Kamin. Ob Klassiker wie Daphne du Mauriers *Fröhliche Weihnachten* oder zeitgenössische Erzählungen von Helen Cross und Sophie Kinsella – dieser Band mit Erzählungen ist eine unterhaltsame Vorbereitung auf die stimmungsvollste Zeit des Jahres.

Die Autorin

Rosamunde Pilcher, geboren 1924 in Lelant, Cornwall, arbeitete zunächst beim Foreign Office und trat während des Zweiten Weltkriegs dem Women's Royal Naval Service bei. 1946 heiratete sie und zog nach Dundee, Schottland, wo sie seither wohnt. Rosamunde Pilcher schreibt seit ihrem fünfzehnten Lebensjahr. Ihre Romane haben sie zu einer der erfolgreichsten Autorinnen der Gegenwart gemacht.

Rosamunde Pilcher (Hg.)

Meine schönsten Weihnachtsgeschichten

Aus dem Englischen von
Annette Meyer-Prien, Christiane Halket, Julius Seybt

List Taschenbuch

Besuchen Sie uns im Internet:
www.list-taschenbuch.de

Dieses Taschenbuch wurde auf FSC-zertifiziertem Papier gedruckt.
FSC (Forest Stewardship Council) ist eine nichtstaatliche,
gemeinnützige Organisation, die sich für eine ökologische und
sozialverantwortliche Nutzung der Wälder unserer Erde einsetzt.

Ungekürzte Ausgabe im List Taschenbuch
List ist ein Verlag der Ullstein Buchverlage GmbH, Berlin
1. Auflage November 2007
© für die deutsche Ausgabe Ullstein Buchverlage GmbH, Berlin 2006
Umschlaggestaltung: RME Roland Eschlbeck und Kornelia Rumberg
(unter Verwendung einer Vorlage von Büro Hamburg)
Titelabbildungen: © Tadashi Osumi / Getty Images, © jupiterimages
Satz: Pinkuin Satz und Datentechnik, Berlin
Gesetzt aus der Bembo
Papier: Munkenprint von Arctic Paper Munkedals AB, Schweden
Druck und Bindearbeiten: Clausen & Bosse, Leck
Printed in Germany
ISBN 978-3-548-60762-7

Inhalt

ROSAMUNDE PILCHER
Erinnerungen an Weihnachten 7

LAURIE LEE
Die Weihnachtssänger 17

DAPHNE DU MAURIER
Fröhliche Weihnachten 27

SOPHIE KINSELLA
Wenn sechs Gänschen brüten 43

EVA IBBOTSON
Der Große Karpfen Ferdinand 69

HELEN CROSS
Wenn sieben Schwäne schwimmen 91

DAVID HENRY WILSON
Der doppelte Weihnachtsmann 115

PATRICIA MOYES
Ein Weihnachtsfest in der Familie   125

CHARLES DICKENS
Ein Licht fällt auf meinen Weg   145

Quellennachweis   163

ROSAMUNDE PILCHER

Erinnerungen an Weihnachten

Eigentlich bin ich gar kein Weihnachtsmensch. Dieses Fest lauert dunkel am Ende des Jahres wie eine gewaltige Hürde, die irgendwie überwunden werden muß. Schon im Oktober fängt es an mit der ganzen Organisiererei, und auch die Supermärkte sind schon voller Glitzerkram, Weihnachtsgebäck und Schachteln mit Knallbonbons. Ich halte dem Druck stand, solange ich kann, aber wenn man Familie hat und Freunde in Übersee, ist es wiederum auch wichtig, alles früh genug zu kaufen, einzupacken und zu verschicken – und da läuft die Zeit dann plötzlich erschreckend schnell.

Selbst als Kind hatte ich nicht sonderlich viel Vertrauen in Weihnachten. Das erste Vorzeichen war ein Kasten mit billigen Weihnachtsgrußkarten in unserem kleinen Dorfpostamt, verbunden mit dem Geruch des alten Heizofens, der die Dorfposthalterin vor dem Erfrierungstod bewahrte. Später, in der Schule, bastelten wir Kalender und Weihnachtsschmuck im Kunstunterricht und sangen Adventslieder bei der Morgenversammlung. Und die Dunkelheit setzte ein, so daß man am Ende des Schultags aus dem Bus stieg und die halbe Meile nach Hause durch die vom Atlantikwind gepeitschte unbeleuchtete Straße ging.

Mein Vater arbeitete im Fernen Osten, wir waren also nicht einmal eine komplette Familie, und obwohl einige Verwandte in Schottland lebten und weitere in Devon, trafen wir uns nie mit ihnen. So waren meine Mutter, meine Schwester und ich übrig, und da war die Weihnachtsfreude nachmittags gegen drei, wenn wir uns mit unseren neuen Büchern zurückzogen und versuchten, dieses Gefühl von Enttäuschung und Verlassenheit zu ignorieren, bereits wieder erschöpft.

Als ich später selbst Kinder hatte, war das ganz anders und viel traditioneller. Weihnachtsstrümpfe und ein glitzernder Baum, Kirchgang am Morgen und ein großes Fest, manchmal gemeinsam mit der zahlreichen Verwandtschaft meines Mannes. Haufenweise Geschenke, und wenn noch Zeit war, bevor die Sonne unterging, ein belebender Spaziergang mit den Hunden oder Schlittenfahren, wenn es Schnee gab, und danach Spiele am Kamin.

Aber oft war das Wetter auch naßkalt und trübe, der Regen hörte gar nicht wieder auf, und es wollte nicht hell werden. Der Winter in Schottland kann sehr deprimierend sein. Da braucht man immer wieder seine ganze Energie, um in Schwung zu bleiben.

Meine Kinder wurden groß und gingen fort, um

ihr eigenes Leben zu leben. Und Weihnachten wurde zu einer Veranstaltung für Erwachsene. Mittagessen mit Altersgenossen, vielleicht war man sogar irgendwo zum Dinner eingeladen. Dann fuhr man fein herausgeputzt und in Schals und Pelze gewickelt über schneegesprenkelte Hügel und vereiste Straßen zu einem fernen Haus, dessen Lichter hell durch die Fenster herüberschienen, während das Auto sich eine baumbestandene, gewundene Auffahrt entlangkämpfte.

Vor etwa zwanzig Jahren haben wir uns ein kleines Haus im Norden Schottlands gekauft, in Dornoch. Wobei es eigentlich kein Haus ist, sondern ein zweistöckiges Apartment über der Bank of Scotland. Es liegt an der High Street mit Blick auf die Kathedrale und den alten Friedhof, und hinter dem Haus zieht sich ein Garten terrassenförmig den Hügel hinauf. Die Zentralheizung brauchen wir gar nicht erst anzustellen, die Wohnung ist stets warm, denn Banken sind bekanntermaßen immer überheizt, und die aufsteigende Hitze allein schützt unser Domizil vor der ärgsten Kälte.

Wir beschlossen, das Weihnachtsfest 1995 in unserem Haus in Dornoch zu verbringen. Zu siebt. Mein Mann und ich, meine Tochter Fiona und Will, ihr Mann; Penelope, Wills Mutter, und mein Sohn Mark mit seiner Freundin Jess. Mark und Jess haben später geheiratet und drei Kinder bekommen, aber damals waren sie noch frei und ungebunden, und so gab es keine Krabbelkinder bei unserem kleinen Familienfest.

Das Wetter war bitterkalt. Wir fuhren am 21. Dezember hoch, und es war so eisig, daß das Wasser für die Scheibenwischer komplett einfror. Darum mußten wir regelmäßig anhalten und den Straßenschmutz per Hand von der Scheibe kratzen oder auch in einen Pub gehen, um ein Glas heißes Wasser zu erbitten und uns damit zu behelfen.

Die Straße nach Norden führt über Glengarry, durch die Berge von Cairngorm, und es wurde eine sehr riskante Fahrt. Laster pflügten durch Eis und Schnee, der Wind fegte ganze Wolken der kalten Pracht über die Fahrbahn. Die Berge um uns her waren in Weiß getaucht, sehen konnte man nicht weiter als ein paar Meter.

Aber wir schafften es. Abwärts nach Strathspey hinein und wieder hinauf, über Schlod und Daviot und schließlich die lange, lange Abfahrt hinunter bis nach Inverness und dem Beaulieu Firth. Und wie es so oft geschieht, wurde genau danach das Wetter schon etwas besser, und als wir endlich in Dornoch ankamen, war kein Schnee mehr zu sehen. Nur die beleuchteten Straßen der kleinen Stadt in den schottischen Highlands. Weiße Lichterketten hingen in kahlen Bäumen, die Schaufenster der kleinen Geschäfte warfen hellgelbe Vierecke aus Licht auf das dunkle Pflaster. Die Kathedrale, ein herrlicher Bau aus dem elften Jahrhundert, war strahlend erleuchtet. Fußgänger in dicken Stiefeln und beladen mit Einkaufstüten stapften heimwärts. Und über allem lag, kaum wahrnehmbar, ein Geruch nach Pinienholz und dem Ruß aus den rauchenden Kaminschloten, aber auch der salzige Duft des Meeres.

Mark und Jess waren schon am Nachmittag mit dem Flugzeug aus Cornwall angekommen, sie hatten die Wohnung vorbereitet, alles war warm, hell und einladend. Das Feuer brannte, und die beiden waren bereits damit beschäftigt, den kleinen Tannenbaum zu schmücken, den ich beim Forstamt bestellt hatte.

Doch obwohl unsere Fahrt in den Norden quer durch Schottland von Eis und Schnee begleitet wurde, lag jetzt kein Schnee in Dornoch. Jess war todunglücklich. Sie hatte noch nie weiße Weihnachten erlebt. Das Klima in Cornwall, wo sie aufgewachsen war, ist dafür zu mild, oder sie war mit ihrer Familie in der Weihnachtszeit nach Teneriffa gefahren. Sie wollte Schnee. Immer wieder schaute sie aus dem Fenster. Die Vorhänge ziehen wir gewöhnlich gar nicht zu, denn die Kathedrale im Flutlicht gleich auf der anderen Straßenseite bietet einen derart spektakulären Anblick, daß es ein Jammer wäre, dieses Bild auszusperren. »Ich will, daß es schneit«, sagte Jess immer wieder und hörte sich dabei an wie ein enttäuschtes Kind.

Am nächsten Nachmittag stießen Fiona und Will und Penelope zu uns. Wir hatten inzwischen unsere Einkäufe beim Spar-Markt schräg gegenüber gemacht und waren bestens versorgt mit Getränken, Hühnchen, Schinken, Gemüse, Kuchen und all den anderen guten Dingen, die zu einem traditionellen Fest gehören. Der Baum stand geschmückt und funkelte, in einer Ecke des Wohnzimmers türmten sich die Geschenkpakete in Stechpalmenmusterpapier. Mark und Jess hatten Tannenzweige und Efeu zusammengetragen und von der unteren Etage hinauf bis zum Dachgeschoß um das altmodische Treppengeländer gewunden. Wir hatten dicke Kerzen in Stechpalmenkränzen in die Schlafzimmer gestellt und sogar ein paar Weihnachtskarten aufgehängt. Als das Taxi vom Flughafen unten vorfuhr, hingen wir alle aus den Fenstern und begrüßten die Neuankömmlinge mit großem Hallo und heftigem Winken, so daß der Mann, der sich gerade Bargeld aus dem Automaten holte, wie gebannt stehenblieb, um erst mal zu schauen, was da vor sich ging.

An diesem Abend führte Penelope, kaum daß sie ihr Champagnerglas geleert hatte, ihren Schneetanz vor, der deutlich an einen indianischen Kriegstanz erinnerte und auch von ganz ähnlicher musikalischer Untermalung begleitet wurde. Stampfend und singend tanzte sie durch den Raum, immer um die Sofas und Sessel herum. Als wir mit Lachen fertig waren, sagte Jess: »Es hat gewirkt.«

Und so war es auch. Der Seewind trug den Schnee in Böen heran und ließ ihn um den Turm der Kathedrale wirbeln. Das Licht aus den Strahlern und den winterlich erleuchteten Bäumen verwandelte jede einzelne Flocke in Gold, so daß die Szene mit der sich langsam weiß überziehenden Straße plötzlich wie eine dieser Schneekugeln aussah, die man nur kurz schüttelt, und schon herrscht unter dem Glas das schönste Schneegestöber.

Es schneite die ganze Nacht. Um sieben Uhr morgens wurden wir vom mahlenden Motorengeräusch der Schneepflüge und Streufahrzeuge geweckt, die sich vom Depot aus auf den Weg machten, um die Straßen ringsum freizuhalten. Sobald es hell war, gingen Will und Jess in den Garten und bauten einen Schneemann mit Karottennase und Kohleaugen, einem alten Hut auf dem Kopf und einem Schal, damit ihm nicht zu kalt wurde.

Und es wurde noch kälter. Über Nacht froren die Autos ein, und man mußte jeden Morgen raus, um die Scheiben freizuschaben und den Motor anzulassen. Die Strandspaziergänge boten plötzlich völlig ungewohnte Anblicke; die Pfützen zwischen den Felsen waren komplett zugefroren, die Sanddünen hart wie Steinmauern. Der Himmel wolkenlos im reinsten Türkis, auf den Hängen des Golfplatzes kein einziger Spieler, dafür Kinder mit Schlitten und Skiern, die aus den geschwungenen Hügeln und jähen Abhängen der Fairways herausholten, was ging.

Dieses perfekte Wetter hielt sich die ganzen Weihnachtstage hindurch. Am Heiligabend rutschten und schlitterten wir alle nach einem guten, wenn auch nicht sehr vernünftigen Mahl zur Mitternachtsmesse in die Kathedrale hinüber, die bis auf den letzten Platz gefüllt war. Trotz der erschwerten Bedingungen waren die Leute von überallher gekommen, um Weihnachtslieder zu singen, die Worte der Schrift zu hören und sich an der besten Weihnachtsbotschaft von allen zu erfreuen.

Natürlich gab es auch Partys. Wir gingen zu den Nachbarn, deren Häuser wir zu Fuß erreichen konnten, und lehnten dankend ab, wenn ein Haus weiter entfernt lag. Niemand war darauf erpicht, längere Ausfahrten zu machen. Es kam uns allen sicherer vor, in der Nähe zu bleiben, und auf unseren eigenen Füßen. Trotzdem herrschte ein reges Kommen und Gehen. Es gab Einladungen zum Lunch und zum Tee, und die dunklen Abende gingen mit Puzzles und Kartenspielen dahin. Ich kann mich nicht erinnern, daß wir ferngesehen hätten, aber wahrscheinlich taten wir das auch.

Als alles vorbei war und es Zeit wurde für unsere Gäste, sich wieder in den Süden aufzumachen, bestellten wir bei John Gordon, dem örtlichen Taxiunternehmer, einen Wagen, um sie zum Flughafen nach Inverness zu bringen. Sie hatten so viele Koffer und Taschen und Pakete, daß ich noch einmal anrief, damit er auch ja seinen größten Wagen schickte. So kam es, daß schließlich ein Bus vor unserer Tür hielt, mit

Platz für 36 Personen. Unsere fünf Passagiere kletterten hinein, winkten huldvoll und wurden auch schon davonkutschiert. Die Straßen über die Black Isle waren an diesem Morgen in einem schrecklichen Zustand, völlig verstopft mit Verkehrsstaus oder von Unfällen blockiert. Aber John Gordon kannte eine Abkürzung und brachte sie alle pünktlich zum Flughafen.

Wir blieben noch und warteten darauf, daß das Wetter besser würde. Am zweiten Januar ging ich mit den Hunden zu einem Spaziergang zum Strand hinunter. Als ich am Golfplatz über den Hügelkamm trat und das Meer vor mir liegen sah, fühlte ich so einen süßen Hauch, eine Milde in der Luft – wie ein erster Atemhauch, ein Vorbote des Frühlings. Da wußte ich, daß die schlimmste Kälte vorüber war und nun bald Tauwetter einsetzen würde.

Zwei Tage später fuhren wir wieder nach Hause. Die Bäume waren abgeschmückt, die Karten und Verzierungen und all die Tannengirlanden auf der örtlichen Müllhalde gelandet. Wir machten die Tür hinter uns zu und schlossen ein letztes Mal ab. Nur der Schneemann stand noch oben im Garten, sachte vor sich hin schmelzend, aber immer noch mit seiner Karottennase und in Hut und Schal. Wir sagten ihm auf Wiedersehen und ließen ihn stehen, den einsamen Zeugen dieses magischen Weihnachtens, das nun schon wieder der Vergangenheit angehörte.

Dieses Fest im Schnee ist eine meiner schönsten Weihnachtserinnerungen. Die folgenden Erzählungen gehören zu meinen liebsten Weihnachtsgeschichten, und ich hoffe, Sie haben Freude daran.

Ihre

Rosamunde Pilcher

LAURIE LEE

Die Weihnachtssänger

Wenn es auf Weihnachten zuging, fiel der Schnee in so dicken Flocken, daß die Straßen schließlich mit den Spitzen der Hecken auf einer Höhe waren. Es waren Millionen Tonnen von diesem herrlichen Zeug, formbar und rein und für alles mögliche zu gebrauchen, es gehörte niemandem, man konnte Figuren daraus machen, Tunnel hineingraben, man konnte es essen oder einfach damit herumwerfen. Es bedeckte die Hügel und schnitt die Dörfer von der Außenwelt ab, aber niemand dachte daran, sich herausholen zu lassen; denn es gab Heu in den Ställen und Mehl in den Küchen, und die Frauen backten Brot, das Vieh stand im Trockenen und wurde gefüttert – wir waren schließlich nicht zum erstenmal eingeschneit.

In der Woche vor Weihnachten, wenn es gar nicht aufhörte zu schneien, kam die Zeit der Weihnachtssänger. Und wenn ich an diese Abende zurückdenke, dann vor allem an den knirschenden Schnee und wie die Lichter der Laternen auf ihm tanzten. In meinem Dorf war das Weihnachtssingen ein besonderes Vorrecht der Jungen, die Mädchen hatten wenig damit zu tun. Es war eine unserer Möglichkeiten zu einem kleinen Nebenverdienst, genauso wie die Heuernte, Blaubeerensammeln, Steinelesen und der Ostergruß.

Wir wußten intuitiv, wann wir anfangen mußten. Einen Tag zu früh, und wir wären nicht willkommen gewesen, einen Tag zu spät, und wir hätten nichts als knappe Blicke von Leuten geerntet, deren Gaben längst erschöpft waren. Wenn der richtige, genau ausgewogene Augenblick kam, erkannten wir ihn und waren bereit.

Sobald also das Holz im Ofen zum Trocknen für das morgendliche Feuer aufgeschichtet war, banden wir unsere Schals um, liefen auf die Straßen hinaus und riefen so lange mit an den Mund gelegten Händen, bis die verschiedenen Jungen, die das Signal kannten, herauskamen und sich zu uns gesellten.

Einer nach dem anderen stapften sie durch den Schnee, schwenkten ihre Laternen über dem Kopf und brüllten und husteten fürchterlich.

»Soll's losgehen zum Weihnachtssingen?«

Wir waren der Kirchenchor, eine Antwort war also nicht nötig. Ein ganzes Jahr lang hatten wir in schrägsten Tönen den Herrn gelobt, und als Belohnung für diese Dienste durften wir nun – zusätzlich zu unserem Abendausflug – in all die großen Häuser gehen, unsere Weihnachtslieder singen und den Lohn einstreichen.

Sie alle abzugrasen bedeutete einen Fußmarsch von

ungefähr neun Kilometern durch rauhes und weitgehend verschneites Gelände. Als erstes planten wir deshalb unsere Route. Eine reine Formalität, denn die Route änderte sich nie. Trotzdem pusteten wir in die Hände und fingen an zu diskutieren, und dann wählten wir einen Anführer. Das war nicht weiter bindend, denn jeder hielt sich selbst für den Anführer, und wer den Abend in dieser Position begann, ging gewöhnlich mit einer blutenden Nase nach Hause.

An jenem Abend waren wir zu acht. Wir, das waren Sixpence der Dummerjan, der in seinem ganzen Leben noch keine Note gesungen hatte (er machte in der Kirche nur den Mund auf und zu); die Brüder Horace und Boney, die sich immer mit allen stritten und immer den kürzeren zogen; Clergy Green, der manische Prediger; Walt der Bulle und meine beiden Brüder. Als wir die Straße entlangkamen, sah man zwischen den Hügeln schon andere Jungen aus den umliegenden Dörfern, die »Guter König Wenceslas« brüllten und »Laßt die Haustürglocken klingen, und dann gebt uns 'nen Penny, weil wir so schön singen!« durch die Schlüssellöcher riefen. Anders als wir, der Chor, hatten sie keine offizielle Bettelerlaubnis, aber es roch nur so nach Konkurrenz.

Als wir über die stillen weißen Rasenflächen auf das Große Haus zugingen, wurden wir selbst auch ganz ehrfurchtsvoll und still. Der nahe See war schwarz und unbewegt, der Wasserfall eingefroren und regungslos. Wir stellten uns füßescharrend vor dem großen Eingangsportal auf, klopften und kündigten den Chor an.

Ein Hausmädchen brachte die Nachricht von unserer Ankunft in die fernen, hallenden Gemächer des Hauses, und wir räusperten uns lautstark, während wir warteten. Dann kam sie zurück, die Tür wurde einen Spaltbreit offengelassen, und man bat uns anzufangen. Noten hatten wir nicht dabei, die Lieder waren in unseren Köpfen. »Los jetzt«, sagte Jack. »›Kommet ihr Hirten‹.« Und schon sangen wir alle drauflos, völlig durcheinander, in verschiedenen Tonarten, mit unterschiedlichen Texten und natürlich jeder in seinem eigenen Tempo; aber dann rissen wir uns zusammen; wer am lautesten sang, zog die anderen mit, und es wurde doch noch zu einem richtigen, wenn nicht gar schönen Weihnachtsgesang.

Dieses riesige Steinhaus mit den efeubewachsenen Wänden war uns ein immerwährendes Geheimnis. Was waren das für Giebel und Zimmer und Dachböden und schmale, hinter den Zedern verborgene Fenster? Während wir »Kommet ihr Hirten« sangen, verdrehten wir uns die Hälse und linsten in die hellerleuchtete Eingangshalle, die wir noch nie betreten hatten, starrten die Musketen an, die verwaisten Stühle und die großen staubbedeckten Wandbehänge – bis wir plötzlich den alten Gutsherrn höchstpersönlich auf der Treppe stehen und mit schiefgelegtem Kopf uns lauschen sahen.

Er rührte sich nicht, bis wir fertig waren; dann kam

er ganz langsam auf uns zugetuttelt, ließ mit zittriger Hand zwei Münzen in unsere Büchse fallen, kritzelte seinen Namen in das Buch, das wir dabeihatten, schaute jeden von uns mit seinen feuchten, blinden Augen an und drehte schweigend wieder ab.

Wie von einem Bann erlöst, machten wir zunächst ein paar gemessene Schritte, um gleich darauf loszurennen, aufs Eingangstor zu. Wir hielten erst an, als wir das Grundstück verlassen hatten. Dann, weil wir endlich wissen wollten, wie großzügig er diesmal gewesen war, hockten wir uns ungeduldig bei den Kuhställen hin, hielten unsere Laternen über das Buch und sahen, daß er »Zwei Shilling« hingeschrieben hatte. Das war ein ziemlich guter Anfang. Niemand, der hier in der Umgegend etwas auf sich hielt, würde es wagen, weniger zu geben als der Gutsherr.

So zogen wir also mit klimpernder Büchse durch das Tal und machten uns gegenseitig über den Gesang der anderen lustig. Wir waren jetzt schon selbstbewußter und fingen an, über die Qualität unseres Vortrags nachzudenken und ob nicht vielleicht das eine Lied besser zu uns passen würde als ein anderes. Horace, meinte Walt, sollte besser überhaupt nicht singen. Man konnte hören, daß er langsam in den Stimmbruch kam. Horace hielt dagegen, und es gab ein kurzes, spielerisches Geplänkel – sie rauften sich im Gehen, daß der Schnee in ganzen Brocken aufstob, dann vergaßen sie es wieder, und Horace sang weiterhin mit uns.

Unermüdlich arbeiteten wir uns das Tal entlang, zogen von Haus zu Haus, von den geringeren bis zu den bedeutenderen Honoratioren – den Bauern, den Ärzten und Händlern, den Offizieren und anderen hochgestellten Persönlichkeiten. Es war eisig kalt, und dazu blies auch noch ein heftiger Wind, aber wir spürten die Kälte nicht eine Sekunde lang. Der Schnee wehte uns ins Gesicht, in Augen und Münder; er durchweichte unsere Wickelgamaschen, kroch in die Stiefel hinein und tropfte von den wollenen Kappen herab. Aber wir scherten uns nicht darum. Die Sammelbüchse wurde schwerer, und die Liste in unserem Buch immer länger und großartiger, weil jeder versuchte, den anderen zu übertrumpfen.

Meile für Meile gingen wir so dahin, kämpften gegen den Wind, fielen in Schneewehen und orientierten uns an den Lichtern aus den Häusern. Aber unsere Zuhörer bekamen wir nie zu Gesicht. Wir klingelten an einem Haus nach dem anderen, sangen in Höfen und Türeingängen, vor Fenstern oder in dumpfig dunklen Hausfluren; wir hörten Stimmen aus verborgenen Zimmern, rochen üppige Kleidung und fremdartige warme Gerichte; wir sahen Hausmädchen Essen auftragen oder Kaffeetassen abräumen; wir bekamen Nüsse und Kuchen, Feigen, kandierten Ingwer, Datteln, Hustenbonbons und Geld; aber unsere Gönner sahen wir nie. Wir sangen gewissermaßen gegen die Wände an, und außer bei dem Gutsherrn, der sich gezeigt hatte, um zu beweisen, daß er noch am Leben war, erwarteten wir auch nichts anderes.

Im weiteren Verlauf des Abends gab es Ärger mit Boney. »Noël« hatte zum Beispiel eine ansteigende Melodie, die Boney unbedingt singen wollte, und zwar in Moll. Die anderen untersagten ihm, überhaupt mitzusingen, und Boney drohte uns Prügel an. Dann nahm er sich zusammen, gab uns recht und ward nicht mehr gesehen. Er drehte sich um, stapfte durch den Schnee und antwortete einfach nicht, als wir ihn zurückrufen wollten. Viel später, wir waren ganz weit hinten im Tal, sagte jemand plötzlich: »Hört mal!«, und wir blieben stehen, um zu lauschen. Da kam von ganz weit her, aus dem fernen Dorf jenseits der Felder, der Klang einer dünnen Stimme, die sang, und zwar »Noël« in Moll – das war Boney, der sich als Weihnachtssänger selbständig gemacht hatte.

Dann näherten wir uns unserem letzten Haus hoch oben auf dem Hügel, dem Haus vom Bauern Joseph. Für ihn hatten wir ein besonderes Lied ausgesucht, in dem es um den anderen Joseph ging, so daß wir es immer mit einem leicht prickelnden Gefühl sangen und der Abend auch noch einen Hauch von Wagemut bekam. Das letzte Stück bis zu seinem Hof war vielleicht das schwierigste von allen. Auf diesen schlechten und nach allen Seiten hin dem Wind ausgelieferten Wegen gingen Schafe verloren und Wagen blieben stecken. Dicht aneinandergedrängt marschierten wir voran, einer in des anderen

Fußstapfen, der Schnee trieb uns in die zusammengekniffenen Augen, die Kerzen waren fast heruntergebrannt, einige schon ganz erloschen, und wir konnten uns über den heulenden Wind hinweg nur rufend unterhalten.

Als wir schließlich den vereisten Mühlbach überquerten – der im Sommer wie eh und je das noch rein mechanische Mühlrad antrieb – stiegen wir zu Josephs Hof hinauf. Er schien immer gleich, von Bäumen behütet und warm auf seinem Schneebett. Wie immer war es schon spät, und wie immer war dies unser letzter Besuch. Der Schnee war von einer dünnen Eiskruste bedeckt, und die alten Bäume funkelten wie Rauschgold.

Wir stellten uns um den Eingang herum auf. Der Himmel lichtete sich, und die hellen Strahlen der Sterne fielen auf das Tal und weit darüber hinaus bis nach Wales hinüber. Auf den weißen Hängen des Slad, die zwischen seinen schwarzgestrichelten Wäldern zu sehen waren, brannten noch einige rote Lampen in den Fenstern.

Alles war still; überall nur das leise Knistern der Winternacht. Wir begannen zu singen und waren alle gerührt von den Worten und der plötzlichen Klarheit unserer Stimmen. Ganz rein und tragend und voller Inbrunst sangen wir:

Auf dem Berge, da wehet der Wind,
da wiegt die Maria ihr Kind.

DIE WEIHNACHTSSÄNGER

Sie wiegt es mit ihrer schneeweißen Hand,
sie hat dazu kein gülden Band.

»Ach Joseph, lieber Joseph mein,
ach, hilf mir doch wiegen mein Kindelein!«
»Wie soll ich dir helfen, dein Kindlein wiegen?
Ich kann ja kaum selber die Finger biegen.«

Auf dem Berge da wehet der Wind,
da wiegt die Maria ihr Kind.
Schumschei, schumschei.

Und in diesem Moment wurden zweitausend Weihnachten für uns lebendig. Auch wir waren durch Eis und Schnee gezogen und hatten keinen Einlaß gefunden in die Häuser; auch den Heiligen Drei Königen hatten die Sterne den Weg gewiesen, und auf der anderen Seite des Hofes konnten wir das Vieh im Stall hören. Wir bekamen Bratäpfel und noch heiße Weihnachtstörtchen, der Duft von Gewürzen wie Myrrhe stieg uns in die Nase, und als wir uns wieder auf den Weg in unser Dorf machten, hatten wir in unserer Holzkiste goldene Gaben für alle.

DAPHNE DU MAURIER

Fröhliche Weihnachten

Familie Lawrence wohnte in einem großen Haus am Rande der Stadt. Mr. Lawrence war ein Mann von großer und kräftiger Statur, auf seinem runden Gesicht lag stets ein Lächeln. Jeden Tag fuhr er mit dem Wagen in sein Stadtbüro, wo er einen mit Rolladen verschließbaren Schreibtisch und drei Sekretärinnen hatte. Vormittags telefonierte er, danach ging er zu einem Geschäftsessen, um anschließend wieder zu telefonieren. So verdiente er eine Menge Geld.

Mrs. Lawrence' Haare waren blond und ihre Augen blau, wie bei einer Porzellanpuppe. Mr. Lawrence nannte sie »Kätzchen«, aber sie war kein hilfloses Wesen. Ihre Figur war makellos und ihre Fingernägel lang, und nachmittags spielte sie in der Regel Bridge. Bob Lawrence war zehn. Er war wie Mr. Lawrence, nur kleiner. Er interessierte sich für elektrische Eisenbahnen, also hatte sein Vater eine Miniaturbahn im Garten installieren lassen. Marigold Lawrence war sieben. Sie war wie Mrs. Lawrence, nur runder. Sie hatte fünfzehn Puppen. Irgendwie blieben sie bei ihr nie lange heil.

Träfe man die Lawrences zufällig, würde nichts Außergewöhnliches an ihnen auffallen. Genau das war der Haken. Sie waren einfach zu sehr wie alle anderen. Für sie war das Leben bequem und sorgenfrei, was natürlich sehr angenehm war.

Heiligabend verbrachte Familie Lawrence so wie jede andere Familie auch. Mr. Lawrence kam früh aus der Stadt zurück, um dabeizustehen, wenn das ganze Haus für Weihnachten hergerichtet wurde. Er lächelte mehr denn je, steckte die Hände in die Hosentaschen und schimpfte: »Paß doch auf, du Idiot«, als er über den Hund stolperte, der sich hinter Tannenzweigen versteckt hielt. Mrs. Lawrence hatte ausnahmsweise auf ihr Bridge verzichtet und hängte Lampions an eine quer durchs Wohnzimmer gespannte Leine. Eigentlich war es der Gärtnerjunge, der die Lampions aufhängte, aber Mrs. Lawrence verzierte sie mit kleinen bunten Papierrüschen und hielt sie ihm hin. Und weil sie dabei unaufhörlich rauchte, stieg dem Gärtnerjungen der Rauch in die Augen. Aber er war zu höflich, um ihn fortzuwedeln. Bob Lawrence und Marigold tollten im Wohnzimmer herum, sprangen auf Sofas und Sessel und schrien: »Was bekomme ich wohl morgen? Eine Eisenbahn? Eine Puppe?« Bis es Mr. Lawrence zu bunt wurde und er sagte: »Wenn ihr nicht mit dem Krach aufhört, bekommt ihr gar nichts.« Aber die Kinder hörten an seiner Stimme, daß er es nicht ernst meinte, und fielen nicht darauf herein.

Gerade als die Kinder ins Bett gehen sollten, wurde Mrs. Lawrence ans Telefon gerufen. »Verdammt!« sagte sie, und dem Gärtnerjungen stieg noch mehr Rauch in die Augen. Mr. Lawrence hob einen Tannenzweig auf und steckte ihn hinter ein Bild. Er pfiff vergnügt vor sich hin.

Mrs. Lawrence blieb fünf Minuten fort, und als sie wiederkam, sprühten ihre blauen Augen, und ihr Haar war zerzaust. Sie sah aus wie ein Kätzchen. Wie eines, das man auf den Arm nimmt, um »miez, miez« zu sagen, und schnell wieder absetzt.

»Das ist aber wirklich dumm!« sagte sie, und einen Augenblick lang glaubten die Kinder, sie würde anfangen zu weinen.

»Was zum Teufel ist denn los?« fragte Mr. Lawrence.

»Es war der Flüchtlingskommissar für diesen Bezirk«, erzählte Mrs. Lawrence. »Ich habe dir ja erzählt, daß es hier von Flüchtlingen nur so wimmelt. Ich mußte uns auch als mögliche Gastgeber eintragen, als das alles anfing. Ich habe natürlich nicht daran gedacht, daß es ernst werden könnte. Und jetzt ist es soweit. Wir müssen ein Ehepaar aufnehmen – heute nacht.«

Mr. Lawrence lächelte nicht mehr. »Hör mal«, sagte er, »der Flüchtlingskommissar kann doch niemand damit überfallen. Warum hast du ihn nicht zum Teufel gewünscht?«

»Habe ich ja«, versetzte Mrs. Lawrence ärgerlich,

»und er konnte nur beteuern, es tue ihm leid, aber es sei für alle dasselbe, in jedem Haus müßten sie es tun, und er sagte was von ›Zwangsmaßnahme‹. Das habe ich zwar nicht verstanden, aber es klang unangenehm.«

»Das können die nicht machen«, Mr. Lawrence schob die Unterlippe vor. »Ich werde einen Vorgesetzten anrufen und dafür sorgen, daß man diesen Kommissar rauswirft, ich fahre persönlich in die Stadt, ich ...«

»Ach, was soll das denn nützen?« fragte Mrs. Lawrence. »Wir wollen uns deshalb nicht aufregen. Vergiß nicht, es ist Heiligabend, und jetzt ist niemand mehr in der Stadt. Dieses Pack ist ja sowieso schon unterwegs, und wir können ja nicht einfach unsere Türen verschlossen halten. Ich werde es wohl dem Personal beibringen müssen.«

»Was wollen die Flüchtlinge denn?« riefen die Kinder aufgeregt. »Wollen sie unsere Sachen haben? Wollen sie uns unsere Betten wegnehmen?«

»Natürlich nicht«, sagte Mrs. Lawrence streng. »Redet nicht so dummes Zeug!«

»Wo sollen wir sie unterbringen?« fragte Mr. Lawrence. »Die Dalys und die Collins kommen doch morgen, da sind alle Zimmer besetzt. Du meinst doch nicht, daß wir sie ausladen sollten?«

»Keine Sorge«, sagte Mrs. Lawrence, und ihre blauen Augen funkelten. »Das ist doch wenigstens etwas, daß wir wahrheitsgemäß sagen können, daß das Haus schon voll ist. Nein, die Flüchtlinge können das Zimmer über der Garage haben. Bis jetzt war es ganz trocken, also wird die Feuchtigkeit noch nicht eingedrungen sein. Da steht auch ein Bett, das wir vor zwei Monaten ausrangiert haben – es hat keine Sprungfedern mehr. Aber es ist ganz in Ordnung. Und ich glaube, das Personal hat einen Ölofen, der nicht benutzt wird.«

Mr. Lawrence lächelte. »Du hast wohl schon alles organisiert, nicht? Niemand kann es mit dir aufnehmen, Kätzchen. Na ja, solange es uns nicht schadet, ist mir alles gleich.« Erleichtert beugte er sich über Marigold und hob sie hoch. »Wir lassen uns Weihnachten doch nicht verderben, was, meine Süße?« fragte er. Er warf Marigold in die Luft, und sie kreischte vor Vergnügen.

»Das ist gemein«, sagte Bob Lawrence, sein rundes Gesicht war rot vor Wut. »Marigold ist jünger als ich, und sie will auch so einen großen Strumpf aufhängen wie ich. Ich bin der Älteste, darum muß ich auch den größten Strumpf haben, oder?«

Mr. Lawrence fuhr seinem Sohn mit der Hand durchs Haar. »Trag es wie ein Mann, Bob«, sagte er ruhig. »Ärgere deine Schwester nicht. Morgen habe ich etwas für dich, das ist besser als alle Spielsachen in deinem Strumpf.«

Bob hörte auf zu quengeln. »Ist es was für meine Eisenbahn?« fragte er aufgeregt. Mr. Lawrence blinzelte ihm zu, ohne zu antworten. Bob hüpfte auf seinem Bett herum. »Mein Geschenk ist größer als Marigolds«, heulte er triumphierend, »viel, viel größer!«

»Nein, nein, meins ist genauso schön, ja, Dad?«

Mr. Lawrence rief das Kindermädchen. »Beruhigen Sie bitte die Kinder. Ich glaube, sie geraten außer Rand und Band.« Lachend stieg er die Treppe hinab.

Mrs. Lawrence kam ihm auf halber Höhe entgegen. »Sie sind da«, sagte sie. Ihre Stimme klang alarmierend.

»Und?« fragte er.

Sie zuckte mit den Achseln und verzog das Gesicht. »Juden«, sagte sie knapp und ging ins Kinderzimmer.

Mr. Lawrence murmelte etwas, dann zog er seine Krawatte zurecht und setzte eine Miene auf, die er Flüchtlingen gegenüber für angemessen hielt, halb streng, halb draufgängerisch. Er ging die Garagenauffahrt hinauf und stieg die morsche Treppe hoch.

»Ha, guten Abend!« dröhnte er jovial beim Betreten des Zimmers. »Ist alles in Ordnung?«

Es war ziemlich dunkel im Zimmer, denn auf der Glühbirne lag der Staub mehrerer Monate. Sie hing in einer Ecke, weit weg vom Bett und dem Ofen. Die beiden Flüchtlinge starrten ihn einen Augenblick wortlos an. Die Frau saß am Tisch. Sie packte ein Brot und zwei Tassen aus einem Korb. Der Mann breitete eine Decke über das Bett. Als Mr. Lawrence sprach, richtete er sich auf und wandte sich ihm zu.

»Wir sind so dankbar«, sagte er, »so, so dankbar.«

Mr. Lawrence hüstelte und unterdrückte ein Lachen. »Oh, keine Ursache«, sagte er.

Es waren Juden, keine Frage. Die Nase des Mannes war riesig, er hatte diesen typischen schmutziggelben Teint. Die Frau hatte große dunkle Augen mit tiefen Schatten. Sie sah krank aus.

»Äh – benötigen Sie noch was?« fragte Mr. Lawrence.

Diesmal antwortete die Frau. Sie schüttelte nur den Kopf. »Wir brauchen nichts«, sagte sie. »Wir sind sehr müde.«

»Überall war es voll«, sagte der Mann. »Niemand konnte uns aufnehmen. Es ist sehr großzügig von Ihnen.«

»Nein, nein«, sagte Mr. Lawrence abwehrend. »Gut, daß wir dieses leere Zimmer hatten. Sie müssen eine schwere Zeit hinter sich haben.«

Darauf entgegneten sie nichts. »Also, wenn ich nichts mehr tun kann, sage ich gute Nacht. Vergessen Sie nicht, den Ofen niedriger zu stellen, falls er raucht. Und – äh – wenn Sie mehr zu essen brauchen oder Decken oder so was, klopfen Sie einfach an die Hintertür und fragen sie das Hauspersonal. Gute Nacht.«

»Gute Nacht«, kam das Echo, und die Frau fügte noch hinzu: »Und frohe Weihnachten!«

Mr. Lawrence starrte sie an. »Ach ja, natürlich. Vielen Dank.«

Als er zur Haustür zurückging, schlug er seinen

Mantelkragen hoch. Es war kalt. Es würde starken Frost geben. Der Dinnergong ertönte gerade, als er den Eingangsflur betrat. Der Gärtnerjunge hatte endlich alle Lampions aufgehängt, und sie baumelten übermütig von der Decke herab. Mrs. Lawrence mixte sich einen Drink am Tisch vor dem Kamin.

»Beeil dich«, rief sie ihm über die Schulter zu, »sonst ist das Essen ruiniert! Wenn ich etwas nicht ausstehen kann, dann ist es lauwarme Ente.«

»Schlafen die Kinder?« fragte Mr. Lawrence.

»Ich glaube nicht«, sagte Mrs. Lawrence. »Es ist schwer, sie Heiligabend zur Ruhe zu bringen. Ich habe ihnen Kakao gebracht und sie ermahnt, ruhig zu sein. Möchtest du einen Drink?«

Später, als sie sich auszogen, steckte Mr. Lawrence seinen Kopf aus dem Umkleidezimmer, in der Hand hielt er eine Zahnbürste.

»Komisch«, sagte er. »Die Frau hat mir frohe Weihnachten gewünscht. Ich wußte gar nicht, daß Juden Weihnachten feiern.«

»Wahrscheinlich weiß sie gar nicht, was es bedeutet«, antwortete Mrs. Lawrence, während sie sich Nährcreme in ihre glatten, runden Wangen massierte.

Nach und nach gingen alle Lichter im Haus aus. Familie Lawrence schlief. Draußen leuchteten die Sterne hell am Himmel. Und in dem Zimmer über der Garage brannte ein Licht.

»Mensch, guck mal, ich habe ein Flugzeug und auch noch eine Lokomotive für meine Eisenbahn!« rief Bob. »Guck, sie funktioniert wie eine echte Lok. Sieh mal den Propeller.«

»Habe ich auch zwei Sachen von Dad?« fragte Marigold, während sie fieberhaft in den Bergen von Geschenkpapier auf ihrem Bett herumwühlte. Die große Puppe, die sie gerade erst ausgepackt hatte, warf sie beiseite. Mit hochrotem Kopf schrie sie das Kindermädchen an: »Wo ist mein zweites Geschenk von Dad?«

»Das kommt davon, wenn man so gierig ist«, zog Bob sie auf. »Guck mal, was *ich* habe.«

»Dein blödes Flugzeug mache ich kaputt«, sagte Marigold. Die Tränen rannen ihr über das Gesicht.

»Weihnachten darf man nicht zanken«, sagte das Kindermädchen. Sie zog triumphierend eine kleine Schachtel aus dem Papierhaufen hervor. »Sieh mal, Marigold, was ist denn das hier?«

Marigold riß das Papier ab. Bald hielt sie eine glitzernde Halskette in den Händen. »Ich bin eine Prinzessin! Ich bin eine Prinzessin!«

»Die ist aber nicht sehr groß!« Bob warf ihr einen vernichtenden Blick zu.

Unten im Wohnzimmer ließen sich Mr. und Mrs. Lawrence gerade den Tee servieren. Es war geheizt, die Gardinen waren zurückgezogen, und das Sonnenlicht durchflutete den Raum.

Die Briefe und Päckchen blieben jedoch unbeachtet, da Mr. und Mrs. Lawrence völlig entgeistert hörten, was das Mädchen Anna ihnen zu erzählen hatte.

»Ich glaube es einfach nicht, das ist doch unerhört«, meinte Mr. Lawrence.

»Kein Wunder, das ist doch typisch für diese Art Menschen«, versetzte Mrs. Lawrence.

»Dieser Flüchtlingskommissar kann vielleicht was erleben!« sagte Mr. Lawrence.

»Er wird wohl nichts davon gewußt haben«, sagte Mrs. Lawrence. »Die haben ganz genau aufgepaßt, daß man nichts merkt. Jedenfalls können wir sie jetzt nicht mehr hierbehalten. Hier kann sich keiner um die Frau kümmern.«

»Wir müssen einen Krankenwagen bestellen und sie abholen lassen«, sagte Mr. Lawrence. »Ich fand, daß die Frau schlecht aussah. Sie ist wohl sehr zäh, daß sie das alleine durchstehen konnte.«

»Ach, solche Menschen haben keine Schwierigkeiten beim Kinderkriegen«, behauptete Mrs. Lawrence. »Sie spüren fast gar nichts dabei. Jedenfalls bin ich froh, daß sie in dem Zimmer über der Garage und nicht im Haus waren. Da können sie nicht allzuviel Schaden angerichtet haben.«

»Anna!« rief sie hinter dem Mädchen her. »Sag dem Kindermädchen, die Kinder sollen nicht zur Garage gehen, bis der Krankenwagen hiergewesen ist.«

Jetzt fanden sie Zeit für ihre Briefe und Päckchen.

»Na, jetzt haben wir doch allen etwas Lustiges zu

erzählen«, sagte Mr. Lawrence. »Dann schmecken der Truthahn und der Plumpudding noch mal so gut.«

Nachdem sie gefrühstückt und sich angezogen und die Kinder mit ihren Geschenken auf den Betten der Eltern herumgetobt hatten, machten sich Mr. und Mrs. Lawrence auf den Weg zur Garage. Sie wollten sehen, was man mit den Flüchtlingen anfangen sollte. Die Kinder sollten mit den neuen Sachen im Kinderzimmer spielen, denn – da waren sich das Kindermädchen und Mrs. Lawrence einig – es war schon peinlich, was da passiert war. Außerdem konnte man ja nie wissen ...

Vor der Garage hatte sich ein kleiner Trupp schwatzender Dienstboten versammelt. Es waren die Köchin, der Hausdiener, eines von den Stubenmädchen und der Chauffeur und sogar der Gärtnerjunge.

»Was ist hier los?« fragte Mr. Lawrence.

»Sie sind abgehauen«, antwortete der Chauffeur.

»Wieso denn abgehauen?«

»Als wir gefrühstückt haben, ist der Kerl weggegangen und hat sich ein Taxi besorgt«, sagte der Chauffeur. »Wahrscheinlich ist er zum Taxistand am Ende der Straße gegangen. Zu uns hat er kein Sterbenswörtchen gesagt.«

»Und wir haben gehört, wie der Wagen gekommen ist, und der Mann und der Taxifahrer haben die Frau ins Auto getragen.«

»Der Kerl hat nach einem Krankenhaus gefragt, und wir haben ihm gesagt, daß es ein jüdisches Krankenhaus auf dem Weg zur Stadt gibt«, sagte der Chauffeur. »Er hat sich entschuldigt, daß er uns soviel Umstände gemacht hat. Aalglatt war der.«

»Und das Baby. Wir haben das Baby gesehen«, kicherte das Hausmädchen. Dann wurde sie plötzlich ohne ersichtlichen Grund rot.

»Ja«, meinte die Köchin, »ein richtiger kleiner Jude, ganz der Vater.«

Da mußten alle lachen und guckten sich dumm an.

»Dann können wir wohl nichts mehr tun«, sagte Mr. Lawrence.

Die Dienerschaft löste sich auf. Die Aufregung legte sich wieder. Man mußte schließlich noch die Weihnachtsfeier vorbereiten. Von dem ganzen Hin und Her fühlten sie sich schon ganz abgehetzt, dabei war es erst zehn Uhr.

»Wir sehen besser mal nach«, befand Mr. Lawrence und deutete auf die Garage. Mrs. Lawrence verzog das Gesicht und folgte ihm.

Sie stiegen die morsche Treppe hinauf, die zu dem kleinen dunklen Zimmer auf dem Boden führte. Es gab kein Anzeichen von Unordnung. Das Bett war wieder an die Wand gerückt, die Decke lag ordentlich gefaltet am Fußende. Stuhl und Tisch standen an ihrem Platz. Durch das geöffnete Fenster strömte die frische Morgenluft herein. Der Ofen war abgestellt. Es gab nur ein Zeichen dafür, daß jemand im Zimmer gewesen war. Auf dem Fußboden neben dem Bett stand ein Glas kaltes Wasser.

Mr. Lawrence sagte nichts. Mrs. Lawrence sagte auch nichts. Sie gingen ins Haus und in ihr Wohnzimmer zurück. Mr. Lawrence ging langsam zum Fenster hinüber und sah in den Garten hinaus. Am anderen Ende konnte er Bobs Miniaturbahn sehen. Mrs. Lawrence packte ein Geschenk aus, das sie beim Frühstück übersehen hatte. Über ihnen tobten und schrien die Kinder. Ein Zeichen dafür, daß sie sich gut amüsierten oder in den Haaren lagen.

»Willst du nicht Golf spielen? Wolltest du nicht um elf die anderen treffen?« fragte Mrs. Lawrence.

Mr. Lawrence setzte sich am Fenster hin. »Ich habe keine große Lust dazu«, sagte er.

Mrs. Lawrence legte das Schminkköfferchen beiseite, das sie gerade aus mehreren Lagen Papier gepellt hatte.

»Komisch«, sagte sie. »Ich fühle mich auch so leer, ich habe gar kein richtiges Weihnachtsgefühl.«

Durch die geöffnete Tür sahen sie, wie der Tisch im Wohnzimmer für das Mittagessen gedeckt wurde. Die Dekoration nahm sich gut aus, zwischen dem Silber standen kleine Blumensträußchen. Um die Mitte herum lag ein großer Haufen Knallbonbons.

»Ich weiß wirklich nicht, was wir sonst noch hätten tun können«, sagte Mrs. Lawrence plötzlich.

Mr. Lawrence antwortete nicht. Er stand auf und ging im Zimmer auf und ab. Mrs. Lawrence zupfte den Tannenzweig hinter einem Bild zurecht.

»Sie haben uns ja schließlich um nichts gebeten«,

sagte Mrs. Lawrence. »Der Mann hätte schon was gesagt, wenn es der Frau oder dem Baby schlechtgegangen wäre. Sicher sind beide wohlauf. Es ist eine zähe Rasse.«

Mr. Lawrence zog eine Zigarre aus seiner Westentasche und steckte sie wieder ein.

»In dem jüdischen Krankenhaus sind sie viel besser aufgehoben als hier«, sagte Mrs. Lawrence, »unter ärztlicher Aufsicht und Pflege und so. Wir wären damit nicht fertig geworden. Außerdem sind sie so schnell verschwunden, ohne fremde Hilfe. Wir hatten ja gar keine Gelegenheit, etwas zu sagen.«

Mr. Lawrence nahm sich ein Buch und klappte es wieder zu. Mrs. Lawrence nestelte nervös an dem Gürtel ihres Kleides.

»Ja, natürlich«, sagte sie plötzlich, »ich werde hinfahren und mich nach ihnen erkundigen und ihnen Obst und so was bringen, vielleicht auch warme Wollsachen. Ich frage sie, ob sie sonst noch was brauchen. Ich könnte heute morgen gehen, aber ich muß ja noch die Kinder zur Kirche begleiten ...«

Und dann öffnete sich die Tür. Die Kinder kamen herein.

»Ich trage meine neue Kette«, sagte Marigold. »Bob hat nichts Neues zum Anziehen.« Sie wirbelte wie eine Ballerina auf ihren Zehenspitzen herum. »Beeil dich, Mummy, sonst kommen wir zu spät und können nicht mehr sehen, wie die ganzen Leute hereinkommen.«

»Hoffentlich singen sie das Weihnachtslied, das wir in der Schule gelernt haben, dann brauche ich den Text nicht abzulesen. Warum wurde Jesus in einem Stall geboren, Dad?«

»Sie fanden keinen Raum in der Herberge«, antwortete Mr. Lawrence.

»Wieso, waren sie denn Flüchtlinge?« fragte Marigold.

Einen Augenblick lang antwortete niemand, dann stand Mrs. Lawrence auf und band sich ihr Haar vor dem Spiegel.

»Frag doch nicht so etwas Dummes, mein Liebes«, sagte sie.

Mr. Lawrence zog die Fensterflügel auf. Vom Garten her hörte man die Kirchenglocken läuten. Die Sonne verwandelte den sauberen, weißen Rauhreif in glitzerndes Silber. Mr. Lawrence hatte einen eigenartigen, nachdenklichen Gesichtsausdruck.

»Wenn doch nur ...« Aber er vollendete diesen Satz nicht, denn zwei Wagen kamen mit den Dalys und den Collins durch das Tor die Auffahrt hinaufgefahren. Die Kinder rannten aufgeregt schreiend auf die Treppe hinaus und riefen laut: »Frohe Weihnachten, frohe Weihnachten!«

SOPHIE KINSELLA

Wenn sechs Gänschen brüten

Wir sind eine ziemlich exklusive Gruppe.
Zugegeben, das hört sich furchtbar eingebildet an. Wenn ich jetzt mit jemand anderem redete, würde ich es auch nicht sagen. Aber *Sie* verstehen das ja. Es ist eben nicht einfach nur ein Schwangerschaftsvorbereitungskurs. Man kann da nicht so ohne weiteres hinkommen. Man muß ausgewählt werden.

Petal Harmon, unsere Lehrerin, führt jedes einzelne Aufnahmegespräch persönlich. Sie arbeitet mit keinem Krankenhaus oder einer landesweiten Kette zusammen – aber Sie können mir glauben, sie bekommt Bewerbungen aus ganz London. Die Leute fahren meilenweit, um in eine ihrer Gruppen aufgenommen zu werden. Und sie inseriert noch nicht einmal. Alles läuft über Mundpropaganda.

Die Frauen, die in den Kursen von Petal Harmon waren, sind anders. Sie haben so etwas in ihrem Blick. Sie haben irgendein Wissen, das uns anderen fehlt. Einen Satz habe ich immer wieder gehört: Petal habe ihr Leben verändert.

Was sich ja meiner Meinung nach ein *ganz* klein

wenig übertrieben anhört. Aber ich verstehe, was gemeint ist. Also habe ich mich auch für einen ihrer Kurse angemeldet, sobald ich erfuhr, daß ich schwanger war, genau wie alle anderen hier auch. Bei dem Gespräch habe ich nichts Besonderes gemacht. Es haben mich schon *so* viele gefragt, ob es irgendeinen besonderen Trick gibt, aber ich kann nur sagen: Ich war einfach ich selbst! Wir haben über meine Schwangerschaft gesprochen ... und meine Arbeit in der Personalabteilung ... und über Dan ...

Dan ist übrigens mein Mann. Er war der, der mich heute abend hier abgesetzt hat – allerdings hat er die Straße verpaßt und mußte durch die ganzen Einbahnstraßen wieder zurück. Typisch. Er behauptete zwar, das Straßenschild wäre voller Schnee gewesen, so daß er es nicht lesen konnte, aber mal ehrlich! Er ist einfach hoffnungslos. Keine Ahnung, wie er je mit einem Baby zurechtkommen soll!

Also, wo war ich? Ach ja. Das Gespräch. Ich war also einfach nur ganz natürlich und habe erzählt und erzählt, und bevor ich mich's versah, erhielt ich eine handgeschriebene Karte mit der Einladung zu einem der Kurse.

Ich war natürlich total aus dem Häuschen. Nicht daß ich damit angegeben hätte oder so. Ich hab es nur meiner Nachbarin Annabel gegenüber ein paarmal erwähnt, mehr nicht. (Sie ist nicht reingekommen, die arme Seele. Obwohl sie Petal einen Blumenstrauß und ein paar von diesen klebrigen Keksen mitgebracht hat, die sie immer macht.) Wir fühlen uns alle gleich, wir in der Gruppe. Nicht überheblich oder so, natürlich nicht. Aber die Tatsache, daß wir ausgewählt wurden, verleiht uns so etwas ... ach, ich weiß auch nicht. So eine Aura. Wir müssen irgend etwas an uns haben, das den anderen fehlt.

Wir sind zu sechst, alle mit Geburtstermin um Weihnachten herum. Als ich den Raum betrete – na ja, eher hineinwatschele –, brennt das Feuer im Kamin, und die Lichterketten glitzern, und es sieht alles schon so richtig weihnachtlich aus.

Geraldine läßt sich gerade über irgend etwas aus und balanciert dazu ihre Tasse auf ihrem runden Bauch. Ob Sie's glauben oder nicht, sie trägt immer noch Schneiderkostüme. Maßgeschneidert, versteht sich. Die hat sie auf ihrer letzten Geschäftsreise nach Singapur anfertigen lassen.

Geraldine ist lustig – wenn auch ein wenig *anstrengend*, wenn Sie wissen, was ich meine. Als einmal eine Hebamme dazukam, um uns etwas zu erzählen, war Geraldines erste Frage: »Wenn Ihnen bei der Geburt ein Fehler unterläuft, wen verklage ich dann: Sie persönlich oder das Krankenhaus?«

»Ich liege also da auf der Couch – und die Hebamme fängt an, ihrer Freundin was zu simsen!« sagt sie gerade. »Das ist doch genau so schlimm wie Fahrlässigkeit, eine Patientin einfach so zu ignorieren. Ich werde mich beschweren.«

»Welche Hebamme war das?« fragt Georgia alarmiert. Georgia hat blonde Strähnchen, ist sehr upperclass und hat ihr Baby jetzt schon in Eton und für Geigenstunden bei Suzuki angemeldet.

»Das war diese blöde Davies«, erwidert Geraldine. »Eins sage ich dir, ich schreibe an die leitende Hebamme, und dann schicke ich die Mail gleich noch an die fachärztliche Beratungsstelle und meinen Freund in der Klinikleitung. Der Frau mache ich die Hölle heiß. Anders bekommt man diese Leute zu gar nichts.« Sie schreibt etwas in ein ledergebundenes Notizbuch und steckt es in ihren Aktenkoffer von Mulberry.

»Ich habe heute auch mit meiner Hebamme gesprochen«, erzählt Gina, die an ihrem selbst mitgebrachten Bio-Erdbeertee nippt. »Ich habe ihr gesagt, wie ich mir die Geburt vorstelle. Keine Schmerzmittel.« Sie sieht sich lächelnd im Raum um. »Ralph habe ich das auch gesagt. Ich habe ihm gesagt, selbst wenn ich dich darum bitte. Selbst wenn ich nach einer PDA schreie!« Sie lehnt sich eifrig vor, und ihre Zöpfe fallen über die Schultern nach vorne. »Hör nicht auf mich. Ich werde nicht wissen, was ich sage.«

Ralph ist Ginas Partner. Er hat einen in drei Rottönen gefärbten Ziegenbart und beim Väterabend ein offenbar selbstgeschriebenes Gedicht über Gebärmütter vorgetragen. »Bist du mutig!« meint Georgia. »Hat Petal nicht gesagt, wir sollten Schmerzmitteln gegenüber aufgeschlossen sein?«

»Ich mache seit Jahren Yoga und meditiere.« Gina macht ein selbstgefälliges Gesicht. »Ich glaube zu wissen, wie ich mit meinem Körper arbeiten muß. Es ist alles mental. Man kann es als Schmerzen sehen – oder man sieht es als neue Kraft. Außerdem hat Ralph einen Kurs in Aromatherapie belegt. Er wird mir eine individuelle Ölmischung zusammenstellen.«

»Er unterstützt dich unheimlich, oder?« sagt Gina mit leichtem Stirnrunzeln. Ihr Mann heißt Jonno und arbeitet rund um die Uhr bei einer Handelsbank.

»Er ist super.« Gina bekommt den selbstgefälligen Ausdruck gar nicht mehr aus dem Gesicht. »Wir sind echt auf einer Wellenlänge, in jeder Hinsicht. Deshalb bin ich auch so zuversichtlich bei den Wehen.«

»Und Dan unterstützt dich auch, oder, Ginny?« Georgia wendet sich mir zu. »Er scheint richtig süß zu sein.«

»Ach, er ist eine Katastrophe!« sage ich und lache laut los. »Zwei linke Hände! Gestern hat er den Wickeltisch aufgebaut. Wenn er sich mit dem Baby auch so ungeschickt anstellt, habe ich zu ihm gesagt, lasse ich ihn gar nicht erst in die Nähe ...« Mein Lachen wird vom Öffnen der Tür unterbrochen. Das ist Petal in ihrem purpurroten Knautschrock. Manchmal sieht sie wirklich wie eine Hexe aus.

»Sind alle da?« fragt sie, und ihre Blicke schießen quer durchs Zimmer. »Unser besonderer Gast ist eingetroffen, aber ich warte, bis die ganze Gruppe versammelt ist.«

»Gabby fehlt noch«, sagt Geraldine. »Ich weiß, daß ihre Firma diese Woche eine große Fusion durchzieht, also …« Sie zuckt die Achseln. Wir wissen alle, was sie meint. Gabby ist nie besonders regelmäßig dagewesen. Sie kommt immer zu spät, und oft geht sie schon früh wieder – und eine Woche hat sie sogar mal ihre Assistentin geschickt, um sie zu vertreten. Man fragt sich, warum sie überhaupt ein Baby kriegt.

Eigentlich wissen wir, warum sie ein Baby bekommt. Ihr Mann wollte eins. Sie hat den Termin für den Kaiserschnitt schon gebucht und das Vollzeit-Kindermädchen auch, und drei Wochen nach der Geburt wird sie wieder zur Arbeit gehen.

»Letzte Stunde!« sagt Georgia strahlend zu Petal. »Wenn wir's jetzt nicht wissen, dann nie!«

Petal sagt erst mal gar nichts und sieht sie nur mit ihrem geheimnisvollen, leicht überirdischen Blick an. »Es gibt gewisse Dinge, die ihr alle noch lernen müßt«, sagt sie schließlich. Ihr Blick gleitet durch den Raum und verweilt einen Moment bei jeder von uns. Dann verläßt sie schweigend das Zimmer.

»Lieber Gott«, sagt Geraldine, als die Tür sich hinter ihr schließt. »Das ist die Stillberaterin, ganz sicher. Die sind schlimmer als die Zeugen Jehovas, sagt meine Freundin Lucy.«

»Stillen fördert die Intelligenz«, sagt Georgia sofort. »Stillen und Mozart. Habt ihr den Artikel gelesen?« Sie zieht ein Hochglanzmagazin mit dem Titel *Das intelligente Baby* aus der Tasche. »Ich habe vor, meinem Baby jeden Tag Mozarts Klarinettenkonzert vorzuspielen.«

Plötzlich treiben Schneeflocken gegen das Fenster, und wir springen alle überrascht auf.

»Seht euch das an!« ruft Gina. »Wir bekommen weiße Weihnachten.«

So hat es seit Jahren nicht geschneit. Richtigen, anständigen Schnee. Schnee wie bei Dickens, hat Dan ihn heute morgen genannt.

»Wo wir gerade von Weihnachten reden ...« Georgia sieht sich ein wenig zaghaft in der Runde um. »Hat eine von euch sich schon einen Namen überlegt?«

»Nikolaus?« sagt Geraldine mit einem breiten Grinsen.

»Myrthe«, sage ich lachend. »Oder Noël. Dan hat Bianca vorgeschlagen. Auf *so einen* Namen kannst nur du kommen, habe ich zu ihm gesagt ...«

»Also, ich habe mir was ganz Ungewöhnliches ausgedacht ...« Georgia schaut sich mit vor Genugtuung zuckenden Mundwinkeln um. »Melchior.«

»Melchior?« wiederholt Geraldine. »Du kannst doch ein Baby nicht Melchior nennen!«

»Also, ich finde den Namen sehr schön«, sagt Georgia und macht ein beleidigtes Gesicht. »Für ein Mädchen *oder* einen Jungen. Kurzform Mel. Was meinst du, Grace?«

Wir wenden uns alle zu Grace in ihrer Ecke um und sehen sie an – und wie üblich starrt sie nur blöde zurück mit diesem Ausdruck wie ein verschrecktes Kaninchen, den sie immer hat.

Ich bin sicher, Petal hatte ihre Gründe, warum sie

Grace zu diesem Kurs eingeladen hat. Aber mal ganz ehrlich – sie paßt nicht zu uns. Zunächst einmal ist sie fast noch ein Teenager. Ich meine, das muß man sich mal vorstellen, ein Baby mit zweiundzwanzig! So was *macht* man heute einfach nicht mehr. Deshalb hat sie natürlich nicht soviel Selbstvertrauen wie wir anderen, die Gute.

Und mal ganz ehrlich, ich finde es schade. Ein triefiges, unsicheres Mädchen ist das letzte, was wir brauchen können. Das zieht uns nur runter. Vor allem, wo es doch so viel mehr Anwärterinnen als Plätze in den Kursen gibt. Man sollte meinen, Petal hätte jemand Passenderen finden können.

»Ich habe überhaupt noch nicht über Namen nachgedacht«, sagt sie, und ihre Stimme ist kaum lauter als ein Flüstern. »Ich kann einfach ...« Sie schluckt schwer. »Ich krieg das einfach nicht auf die Reihe.«

»Ich habe ein Buch, das du dir leihen kannst ...«, setzt Georgia an.

»Nicht nur das. Das Ganze.« Gina sieht uns andere flehentlich an. »Die Mutterschaft. Für ein anderes Leben verantwortlich zu sein. Was ist, wenn das Baby krank wird, und ich erkenne die Symptome nicht, und es stirbt? Was ist, wenn ich keine Beziehung zu ihm aufbauen kann?«

»Du baust schon eine Beziehung auf«, sagt Gina in zuversichtlichem Ton. »Das ist von der Natur so vorgesehen.«

»Aber was, wenn ich es nicht kann? Ich höre euch

die ganze Zeit zu, wie ihr da so redet, und dann denke ich, wie können sie alle nur so sicher sein?« Sie hört sich fast verzweifelt an. »Seid ihr denn nie unsicher? Zweifelt ihr nie an euch selbst?«

Ach, mein Gott noch mal. Genau das meine ich. Sie paßt überhaupt nicht in den Kurs! Vielleicht gehen manche Leute ja zu Geburtsvorbereitungskursen, um sich über ihre Unsicherheiten auszuweinen. Aber wir sind einfach nicht diese Art von Frauen. Wir wissen, was wir wollen. Wir kennen uns selbst. Ganz ehrlich, wir *haben* keine Zweifel.

Ich glaube, das ist eine Frage des Alters.

Ich werfe einen Blick zu Geraldine hinüber, die erstaunt die Augenbrauen hochgezogen hat. Georgia sieht eher sprachlos aus. Gina streichelt mit engelsgleichem Lächeln ihren dicken Bauch.

Dann sieht Geraldine auf die Uhr.

»Das ist ja wohl Betrug!« sagt sie. »Wir haben Petal Harmon für ihre Zeit bezahlt. Nicht irgend so eine hergelaufene Gesundheitsberaterin ...«

Die Tür geht auf, und wir drehen uns alle um – aber es ist nur Gabby in ihrem schwarzen Hosenanzug. Sie trägt ihr Handy offen in der Hand und spricht in ihr Headset.

»Ja«, sagte sie gerade. »Ja, schick beides mit FedEx raus. Und besorg mir die Zahlen von Anderson. Okay, ich muß jetzt Schluß machen. Ich rufe wieder an, sobald ich hier fertig bin.« Sie klappt das Gerät zu und sieht sich um. »Was habe ich verpaßt?«

»Nichts«, sagt Geraldine. »Wir sitzen hier alle nur rum und warten auf irgendeinen besonderen Gast. Besonderen Schwindel, wohl eher.«

»Ich versichere euch«, Petals ruhige Stimme aus dem hinteren Teil des Zimmers läßt uns alle hochschrecken, »daß meine heutige Gastlehrerin kein Schwindel ist.« Jetzt geht sie nach vorne, während Gabby sich hinsetzt. »Ich würde vielleicht sogar so weit gehen zu behaupten, daß diese letzte Lektion sämtliche Informationen, die ich euch in den letzten Wochen gegeben habe, unwichtig erscheinen lassen wird.«

Es herrscht Stille im Raum. Als Petal sich umsieht, spielt ein feines Lächeln um ihre Lippen, und ihre Augen sehen noch hexenhafter aus als sonst.

»Einige von euch werden sich gefragt haben, warum ihnen ein Platz in meinem Kursus angeboten wurde. Ihr seid euch sicher darüber im klaren, daß sich viele Frauen bewerben, aber nur wenige werden angenommen.«

Mich durchströmt eine Welle der Freude. Während ich mich so umsehe, entdecke ich dasselbe selbstgefällige Lächeln auch auf allen anderen Gesichtern. Allen außer dem von Grace, die genauso schreckensstarr aussieht wie immer.

»Sagen wir einfach, daß ich den Eindruck hatte, ihr alle könntet von dieser letzten Lektion besonders profitieren.«

Sie streckt die Hand nach dem Dimmer aus und

dämpft das Licht, dann zieht sie die Tür zu. Wir tauschen im Halbdunkel Blicke aus.

»Hört sich ganz schön geheimnisvoll an!« sagt Geraldine mit einem Lachen. »Ich frage mich, was das wohl soll.«

»Ich hab da mal ein Gerücht gehört ...«, setzt Gina an und senkt die Stimme. »Ich habe gehört, Petal Harmon könnte vorhersehen, wie bei jedem die Wehen werden. Und das sagt sie dann in der letzten Stunde.«

»Ich habe gehört, sie könnte das Geschlecht des Babys vorhersagen«, sagt Gabby, während sie eifrig eine SMS in ihr Handy tippt. »Aber wozu soll das gut sein, wo es doch Ultraschall gibt? Ich weiß jedenfalls, wie meine Niederkunft werden wird.«

Plötzlich wird es sogar noch dunkler im Raum – obwohl niemand auch nur in der Nähe des Schalters war. Das einzige Licht kommt vom weißleuchtenden Schnee vor dem Fenster und den winzigen Tasten an Gabbys Handy.

»Na großartig«, sagt Georgia und sieht von ihrem Notizbuch hoch. »Wie soll ich jetzt mitschreiben? Meint ihr, sie teilt Zettel aus?«

Sie hält inne, als die Tür aufgeht, und wir drehen uns um und sehen eine Silhouette im Rahmen stehen. Groß und schlank, mit einem langen schwarzen Kleid und einer Art Kappe auf dem Kopf. Ohne ein Wort zu sagen, gleitet sie ins Zimmer, und ich kann erkennen, daß sie einen Laptop dabeihat. Sie dreht sich um und sieht uns an – sagt aber immer noch nichts.

Diese Kapuzengeschichte verhüllt ihr Gesicht. Alles in allem nicht gerade die einnehmendste Rednerin.

»Nicht sehr gesprächig, was?« flüstert mir Geraldine ins Ohr.

Die Frau senkt den Kopf, streckt die Hand nach dem Laptop aus und stellt ihn an. Bilder huschen über den Bildschirm – aber egal, was das für eine CD-ROM ist, sie ist nicht viel wert. Es sieht eher aus wie ein alter Kinofilm. Die Farben sind verwaschen, und die Bewegungen abgehackt. Alle starren schweigend hin, unsere Augen müssen sich erst daran gewöhnen.

Dann sehe ich es. Es ist eine Frau in den Wehen. Sie stöhnt und keucht und hält den Kopf in den Händen.

»Ach du meine Güte«, murmelt Geraldine. »Verzeihung?« sagt sie jetzt lauter. »Wir haben schon mehrere Geburtsvideos gesehen. Ich finde wirklich, wir könnten unsere letzte Stunde besser mit einer Diskussion nutzen, oder wir wiederholen noch mal, was wir durchgenommen haben.«

Aber die Frau scheint sie nicht zu hören. Die Bilder flackern weiter, und wir starren weiter auf den Bildschirm. Es ist seltsam fesselnd, obwohl man kaum erkennen kann, was vor sich geht.

»Wartet mal«, sagt Georgia plötzlich. »Gina, das bist du.«

»*Wie bitte?*«

Wir recken allesamt die Hälse und starren auf das Gesicht der Frau.

»O mein Gott«, haucht Gina.

»Das ist sie!«

»Wie kann das denn Gina sein?«

»Ich glaube, ich habe schon mal so was gehört«, sagt Geraldine unsicher. »Video-Empathie. Das hilft einem, sich die Geburt vorzustellen. Sie müssen deinen Kopf ins Bild kopiert haben. Ein ziemlich billiger Trick.«

»Und wie haben sie Ralph auch noch reingekriegt?« sagt Gina mit Panik in der Stimme. »Seht doch mal!«

Und wirklich, auf dem Bildschirm tritt Ralph an das Bett, auf dem Gina liegt. »Liebling?« sagt er. »Ich habe die Öle mitgebracht.«

»Ralph ...« Im Bild hebt Gina den Kopf, ihr Gesicht ist schmerzverzerrt. »Ich will ein Schmerzmittel. Ein richtiges Schmerzmittel.«

»Aber Liebes, du hast mir gesagt, keine Schmerzmittel. Ich werde dir den Rücken mit Lavendel und Jasmin einreiben ...«

Das Geräusch von Ginas Stöhnen wird schwächer, und es wird vorübergehend schwarz auf der Leinwand. Einen Augenblick später ist sie wieder da. Sie sieht noch schlimmer aus als vorher.

»Ralph, ich brauche etwas«, keucht sie. »Bitte. Ich habe meine Meinung geändert.«

»Das hat sie nicht«, sagt Ralph zur Hebamme. »Sehen Sie hier. Es gehört zu ihrem Geburtsplan. ›Gib mir keine Schmerzmittel, auch nicht, wenn ich darum bitte. Mein Körper wird sich darauf einstellen.‹«

»Bitte ...«

»Gina. Liebling.« Ralph eilt an ihre Seite und streichelt ihr beruhigend die Hände. »Denk immer daran, es ist alles mental. Arbeite *mit* deinem Körper. Das hast du selbst gesagt ...«

»Aber ich habe es doch nicht gewuuusssst!« Ginas Stimme geht in ein Heulen über. Der Bildschirm flakkert und wird dunkel.

Es herrscht verdutztes Schweigen. Ich sehe mich um. Alle sehen entgeistert aus.

»Wer *sind* Sie eigentlich?« platzt Gina los. Ihre Stimme zittert. »Und woher nehmen Sie das Recht, hierherzukommen und irgendwas zu erfinden ...«

Die Frau sagt nichts, neigt nur ganz leicht den Kopf.

Meine Haut beginnt am ganzen Körper zu kitzeln.

»Vielleicht hat sie es nicht erfunden.« Ich hole tief Luft. »Zeigen Sie uns unsere Zukunft?«

»Ach, Herrgott noch mal«, sagt Geraldine. »Bleib auf dem Teppich.«

»Ich glaube nicht an Hellseherei«, sagt Georgia entschlossen. »Das muß ein Trick sein ...«

»Aber wie hat sie das gemacht?« Ginas Stimme wird schrill vor Aufregung. »Das waren ich und Ralph! Direkt da auf dem Bildschirm!«

»Ich weiß, wer das ist«, sagt Grace plötzlich. »Das

ist der Geist der Babyzukunft.« Sie schaut mit angstweißem Gesicht zu der Gestalt hinüber. »Stimmt das?«

Angespannte Stille. Dann neigt die Gestalt den Kopf.

»O mein Gott«, sagt Gina in beinah hysterischem Tonfall. »Das war real?«

»Das war's.« Geraldines Stimme klingt schneidend. »Ich werde hier nicht länger rumsitzen und mir einen Haufen lächerliche Ammenmärchen anhören! Eins sage ich euch, ich werde mich bei Petal Harmon beschweren ...«

Die Frau bringt sie mit erhobener Hand zum Schweigen, und es erscheint ein neues Bild auf dem Schirm.

Es ist Geraldine. Sie sitzt auf einem Krankenhausbett und jammert vor Schmerzen.

»Nur noch ein paar Angaben«, sagt eine freundliche Hebamme mit Stift in der Hand, »und dann kriegen wir das schon hin.« Sie lächelt Geraldine mitfühlend an. »Ihr Name?«

»Geraldine Foster«, keucht Geraldine.

»Ge-ral-dine ...«, fängt die Hebamme an zu schreiben. Dann hält sie inne, und ihr mitfühlendes Lächeln verschwindet. »Geraldine Foster?« sagt sie in ganz anderem Ton. »Sie sind die, die sich über mich beschwert hat.«

Sie macht eine Bewegung, und dabei rückt ihr Namensschild ins Blickfeld. Darauf steht »Davies«.

»Diese Frau hat sich bei sämtlichen Großkopferten beschwert!« ruft sie empört einer zweiten Hebamme zu. »Ich habe eine offizielle Abmahnung bekommen. Für eine einzige lausige SMS!«

»Über mich hat sie sich auch beschwert«, sagt die zweite Hebamme und wirft Geraldine einen vernichtenden Blick zu. »Hat behauptet, ich hätte mich nicht an die Vorschriften gehalten.«

»Äh ... könnte ich vielleicht ein Schmerzmittel bekommen?« Geraldine klingt jetzt sehr angespannt.

Die beiden Hebammen sehen sich an.

»In den Vorschriften steht, daß wir sie erst mal gründlich untersuchen müssen«, erwidert die zweite. »Ich hol mal ein Paar Handschuhe.« Sie schlendert zur Tür.

»Dauert das lange?« Geraldine klingt verzweifelt. Die beiden Hebammen ziehen die Augenbrauen hoch.

»Sie wollen doch nichts überstürzen, oder?« sagt die eine unschuldig. »Wir brauchen genau so lange wie nötig.«

Die Bilder verschwinden, und wir trauen uns alle nicht so recht, Geraldine anzuschauen. Sie ist ziemlich blaß geworden.

»Hören Sie mal«, sagt sie schließlich, »Geist, oder was Sie auch sein mögen. Zeigen Sie uns Dinge, die passieren *werden*? Oder die ... äh ... passieren *könnten*?«

Der Geist antwortet nicht.

Jetzt wird mir erst bewußt, daß Gabby die ganze Zeit in ihr Handy murmelt. Ich glaube, sie hat überhaupt nicht mitbekommen, was vorgeht.

»Hört mal, tut mir leid«, sagt sie und erhebt sich aus ihrem Sessel. »Katastrophenalarm. Ich muß weg. Vielen Dank für die Vorführung, aber um ganz ehrlich zu sein, interessiert mich dieses Babyzeug nicht wirklich ...«

Sie bricht ab, als von der Gestalt so etwas wie ein wütender Blitz ausgeht. Auf dem Bildschirm erscheint eine Gabby im dunkelbraunen Kostüm mit einem Baby im Arm. Sie steht einfach nur in einem weißen Zimmer und hält ein winziges Baby, während im Hintergrund jemand nach ihr brüllt: »Gabby! Das Taxi ist da!«

Ihr Gesicht ist schmerzverzerrt.

»Gabby!« hört man die Stimme wieder. »Du wirst zu spät kommen! Bring das Baby einfach runter, er wird schon gut aufgehoben sein beim Kindermädchen ...«

Gabbys Bildschirmgesicht läuft eine Träne über die Wange. Dann noch eine und noch eine.

Ich riskiere einen Blick auf Gabby. Sie starrt wie gebannt auf den Bildschirm. Ihre Augen glänzen ein wenig.

»Äh ... Tristan ...«, sagt sie gerade in ihr Handy. »Ich komme später. Na ja, *das hier* ist wichtig.« Sie klappt ihr Handy zu und setzt sich still wieder an ihren Platz.

Die Atmosphäre ist gedrückt, und ich kann nicht mehr umhin, mich langsam ein wenig zu fürchten.

»Ich glaub's einfach nicht! Alles nur trübe und düster!« sagt Georgia wegwerfend. »Ein paar von uns werden ganz bestimmt eine wundervolle Geburt und absolut süße Babys haben!« Sie sieht sich um, als suche sie nach Unterstützung. »Und ich fange ganz sicher nicht wieder zu arbeiten an. Ich werde mich hingebungsvoll um mein Kind kümmern!«

Der Geist scheint sie einen Moment lang nachdenklich zu betrachten. Im nächsten Moment erscheint ein Bild von Georgia auf dem Schirm. Sie sitzt in einer teuren, weitläufigen Küche und stillt ein Baby, während im Hintergrund Mozart zu hören ist.

»Na also«, sagt Georgia selbstzufrieden. »Ich wußte es ja! Schließlich habe ich mich *sehr* gründlich auf dieses Baby vorbereitet ...«

Das Bild verblaßt und wird durch ein anderes von einem kleinen Jungen auf einem Schulhof ersetzt.

»Milchi ... Milchi ...«, tönt der Singsang von ein paar anderen Jungen um ihn herum.

»Ihr sollt mich nicht Milchi nennen!« brüllt er verzweifelt. »Ich bin Mike!«

»Bist du gar nicht! Du bist Milchi Melchior!«

Die Bilder verschwinden, und Georgia räuspert sich.

»Alle Kinder werden gehänselt«, sagt sie in leicht verunsichertem Ton. »Das ist völlig normal.«

Ein anderes Bild erscheint. Diesmal steht ein Mann

Mitte Zwanzig im Eingang zu einem schicken Restaurant, neben sich ein blondes Mädchen mit ausgesprochen seltsamer Frisur. Es sieht aus wie der Savoy Grill, allerdings mit ein paar komischen Veränderungen ...

»Mein Name ist ... Mel.« In seinem Gesicht zuckt es nervös.

»Geht es Ihnen gut?« fragt der *Maître d'hôtel*.

»Danke, ja.« Er lächelt gequält und reicht ihm seinen Mantel. Dann, als Klarinettenklänge aus den Lautsprechern zu dringen beginnen, scheint er am ganzen Körper zu erstarren. »O mein Gott. Nein.«

»Die Musik«, sagte die Blonde zum *Maître d'hôtel*. »Können Sie sie vielleicht ausstellen?«

»Ich halte das nicht aus.« Der junge Mann hat die Hände an den Kopf gepreßt und läuft schon zur Tür. »Ich halte das nicht aus!«

»Das Klarinettenkonzert von Mozart!« ruft die Blonde über die Schulter zurück, während sie ihm nachläuft. »Er hat eine Phobie!«

Die Bilder verschwinden. Ich werfe einen kurzen Blick auf Georgia – sie scheint wie vom Donner gerührt.

»Ich hab's gewußt«, kommt die zitternde Stimme von Grace aus dem Hintergrund. »Deshalb sind wir für diesen Kursus ausgewählt worden. Weil es bei uns schieflaufen würde.«

Die Geisterfrau hebt den Kopf und scheint Grace direkt anzusehen. Und plötzlich ist ein neues Bild da.

Es ist Grace. Ihre Figur ist phantastisch, sie hat einen neuen Haarschnitt und geht beschwingten Schrittes eine Straße entlang. Und wenn ich ganz ehrlich bin, Neid hin oder her: Sie sieht besser aus als alle anderen.

Muß am Alter liegen.

Jetzt sitzt sie in einem Café, ihr Baby auf dem Arm, und nippt an einem Eisshake. Das Baby fängt an zu schreien, und sie steckt ihm mit größter Gelassenheit einen Finger in den Mund und trinkt weiter. Sie wirkt vollkommen zufrieden und unverkrampft.

»Dein Haar sieht großartig aus!« sagt Georgia. »Wo läßt du schneiden?«

»Keine Ahnung«, sagt Grace entgeistert. »Ich gehe nie zum Friseur.« Sie schielt auf den Bildschirm. »Ich verstehe das nicht. Wo ist der Haken? Was ist daran falsch?«

»Offenbar gar nichts«, sagt Gina ein wenig verdrießlich.

»Vielleicht ist es das, was du lernen mußtest, Grace«, sagt Geraldine freundlicher, als ich sie je habe sprechen hören. »Das alles in Ordnung sein wird.«

Ich würde ja Zustimmung murmeln – nur bin ich inzwischen viel zu angespannt, um zu reden. Ich bin die einzige im Raum, die ihre Zukunft noch nicht gesehen hat.

»Also ... was ist mit mir?« Ich versuche mich an einem beiläufigen Lachen. »Was wird mit mir passieren?«

Es folgt eine Pause. Dann nickt der Geist, und es wird wieder hell auf dem Bildschirm.

Obwohl ich damit gerechnet habe, ist es ein komisches Gefühl, als ich mich da vorne sehe. Ich halte ein Baby im Arm und sehe zu, wie Dan mit dem Hammer auf eine Wiege einhaut.

»Du bist doch zu nichts zu gebrauchen!« sage ich. »Das ist eine Wiege zum *Schaukeln*. Dann sollte sie das verdammt noch mal auch tun!«

Das Bild geht direkt in ein anderes über. Dan wechselt dem Baby die Windeln, und ich sehe ihm dabei über die Schulter.

»Da gehören die Klebestreifen nicht hin!« keife ich. »Du hast das ganz falsch gemacht!«

Mir wird schlecht bei meiner eigenen Stimme. Ich habe noch nie gemerkt, wie scharf sie klingt.

Und ich habe noch nie diesen verletzten Ausdruck in Dans Gesicht gesehen. Ich starre wie gebannt hin, als sich mein Bildschirm-Ich ihm zuwendet und er ihn schnell mit einem Lächeln überdeckt.

»Na, bei dir ist ja auch alles in Ordnung, Ginny«, sagt Georgia ein bißchen pikiert. »Alles prima!«

»Ist es nicht.« Meine Stimme hört sich auch für meine eigenen Ohren ein wenig rauh an.

Jetzt überstürzen sich die Bilder. Dan mit mir und dem Baby zu Hause. Beim Einkaufen. Im Park. Und dazu die ununterbrochene Tonspur von meiner eigenen Stimme, die auf ihn einhackt. »Du bist hoffnungslos!«, »Das ist falsch!«, »Gib her, ich mach das schon!«

Halt die Klappe! möchte ich mir selbst zurufen. Laß den armen Mann in Ruhe!

Aber mein Bildschirm-Ich macht unermüdlich weiter, meckert und kommandiert herum. Und ich sehe nur Dans Gesicht, das mit jedem Mal verschlossener wird. Bis er aussieht, als wollte er es einfach nicht mehr hören. Als hätte er jetzt endgültig genug.

Panik steigt in mir auf.

»Geist ...«, sage ich schnell. »Du hast die Frage vorhin nicht beantwortet. Sind das Dinge, die passieren *werden*? Oder passieren *könnten*?«

Ich sehe auf. Aber das Zimmer ist leer. Der Geist ist verschwunden.

Langsam geht das Licht wieder an.

Ich schaue mich um – die anderen blinzeln. Georgia reibt sich die Augen. Gabby sieht aus wie in Trance.

Wie aus dem Nichts gekommen, steht Petal wieder vor uns.

»Das war eure letzte Stunde«, sagt sie sanft. »Und nun muß ich euch alle bitten, mir einen kleinen Gefallen zu tun. Es wäre mir lieb, wenn ihr den genauen Inhalt meiner Stunden für euch behalten würdet.«

Wir nicken alle wie mechanisch. Ich glaube nicht, daß eine von uns schon wieder richtig sprechen kann.

»Bitte nehmt euch ein wenig Zeit, euch zu sammeln.« Petal lächelt in die Runde. »Ihr könnt gehen, sobald ihr soweit seid. Und ... viel Glück. Euch allen.«

Sie geht zur Tür und ist fort, bevor noch eine von

uns etwas sagen kann. Wir sitzen eine Weile schweigend und ein wenig schwindlig da. Dann gibt es einen kleinen Knall, als Georgia *Das intelligente Baby* vom Schoß rutscht und auf den Boden fällt.

»Hier, bitte«, sagt Gina und hebt es für sie auf. Georgia schaut es einen Moment lang an.

»Danke«, antwortet sie. Dann nimmt sie es Gina ab und reißt es einmal mittendurch.

Neben mir gibt es Geraschel, und ich sehe, wie Geraldine ihr ledernes Notizbuch aus der Tasche nimmt. Sie reißt die Seite mit der Eintragung »Davies – BESCHWEREN« heraus und knüllt sie zusammen. »Da«, sagt sie und atmet heftig durch.

»Will jemand mit, was trinken?« fragt Gabby plötzlich. »Ich könnte jetzt einen Drink vertragen.«

»Unbedingt«, sagt Georgia aus tiefstem Herzen.

»Ich auch«, sagt Grace und tritt vor. Ihre Wangen glühen, und sie sieht wie eine ganz andere Frau aus. Sie wirft das Haar zurück, als würde sie schon mal für ihre neue Frisur üben. »Ich hab's nicht eilig.«

»Scheiß aufs Baby«, sagt Gina. »Ich brauche jetzt einen doppelten Wodka.«

»Ginny?« Geraldine sieht mich an. »Kommst du mit?«

»Geht ihr nur«, sage ich. »Ich muß nach Hause. Sofort.«

Als ich daheim ankomme, ist Dan im Kinderzimmer. Er sieht auf, als ich hereinkomme, und zum erstenmal erkenne ich den wachsamen Ausdruck in seinem Blick.

»Ich versuche gerade, die Wiege aufzubauen«, sagt er. »Aber sie schaukelt nicht.« Er versetzt ihr gereizt einen Stoß. »Ich weiß einfach nicht, was damit los ist, verdammt.«

»Ist doch egal«, unterbreche ich ihn. »Das ist alles nicht wichtig, Komm her.« Ich breite die Arme aus, und Dan sieht mich an, als könnte er es nicht fassen.

Es durchläuft mich kalt.

Es ist zu spät. Es ist alles zu spät.

Dann legt Dan ganz langsam den Schraubenzieher hin. Er kommt zu mir und nimmt mich in die Arme, und ich klammere mich unwillkürlich an ihm fest.

»Fröhliche Weihnachten«, sage ich mit tränenerstickter Stimme. »Und ... und danke. Dafür, daß du die Wiege aufbaust. Und für alles. Danke für alles.«

»Gern geschehen!« sagt Dan mit einem überraschten Lachen. »Dir auch fröhliche Weihnachten, Schatz.« Er lächelt zu mir herunter und streichelt mir über den Bauch. »Und dem kleinen Kerl hier auch fröhliche Weihnachten.«

Eine ganze Weile schweigen wir alle beide, stehen einfach nur Arm in Arm am Fenster und schauen in den unermüdlich fallenden Schnee hinaus.

Wir drei, sollte ich besser sagen.

Gott behüte uns alle, geht mir unaufhörlich durch den Kopf, immer und immer wieder.

Aber natürlich sage ich das nicht laut.

Statt dessen sage ich nach einer Weile: »Weißt du, ich habe über Namen nachgedacht.«

»Tatsächlich?« Dan schaut auf. »Irgendwelche Vorschläge?«

»Na ja ... ich dachte nur, wir sollten es wahrscheinlich *nicht* Melchior nennen ...«

EVA IBBOTSON

Der Große Karpfen Ferdinand.
Eine Weihnachtsgeschichte

Dies ist eine wahre Geschichte, die Geschichte von einem Weihnachtsfest in Wien in den Jahren vor dem Ersten Weltkrieg. Und es ist nicht nur eine wahre, sondern auch eine höchst dramatische Geschichte, in der es um Liebe geht und um Schwierigkeiten und (wenigstens beinahe) auch um Tod – und das, obwohl der Held der Geschichte ein Fisch ist.

Natürlich nicht irgendein Fisch, sondern ein mächtiger und furchterregender Fisch: der Große Karpfen Ferdinand. Und wenn Sie meinen, die Geschichte sei übertrieben und kein Fisch, so mächtig er auch sein mag, könne das Leben einer ganzen Familie so tiefgehend erschüttern, dann irren Sie sich. Denn ich kenne die Tatsachen aus erster Hand, nämlich von einer der Beteiligten, der »kleinsten Nichte« in der Geschichte, der, deren Füße zugegebenermaßen nicht einmal die erste Strebe der riesigen lederbezogenen Eßzimmerstühle mit den silbernen Beschlägen erreichten, deren Augen aber gut sechs Zentimeter über die Tischkante schauten, wie sie betont. Sie hat alles gesehen. (Diese kleinste Nichte kam Jahre später nach England und wurde meine Mutter, und so habe ich die Geschichte bewahrt und immer wieder auf ihre Korrektheit überprüft.)

Die Rolle, die der Große Karpfen Ferdinand im Leben der Familie Mannhaus zu spielen hatte, war einfach, aber entscheidend. Um es rundheraus zu sagen: Er war das Weihnachtsessen. Denn in Wien, wo sie am Heiligen Abend feiern und niemand auch nur im Traum daran denken würde, in der Heiligen Nacht Fleisch zu essen, schätzen sie nichts so sehr wie einen kräftig eingelegten, saftig gebratenen Karpfen. Und ehrlich gesagt hat man, bevor man nicht einen frischen Karpfen mit der Symphonie von Beilagen (saure Sahne, gedünsteter Sellerie, dunkles Pflaumenmus) gekostet hat, kulinarisch gesprochen nicht gelebt.

Aber die Betonung liegt auf dem Wort *frisch*. Und so war die ganze Familie Mannhaus hoch erfreut, als ein dankbarer Klient mit berühmten Fischgründen in Kärnten Onkel Ernst eine Woche vor Weihnachten einen lebenden Zwanzigpfünder überreichte. Onkel Ernst, ein O-beiniger kleiner Mann, dem sein geheucheltes Mitgefühl zu einer florierenden Anwaltskanzlei verholfen hatte, war entzückt. Tante Gerda, seine plumpe und treusorgende Ehefrau, war entzückt. Graziella, ihre liebreizende (und heißgeliebte) Tochter, war ebenso entzückt wie Herr Franz von Rittersberg, Graziellas »Zukünftiger«, der das Essen liebte. Entzückt waren auch Tante Gerdas drei kleine Nichten, die bereits mit ihrer englischen Gouvernante zum

Weihnachtsfest im Hause Mannhaus eingetroffen waren, und ebenfalls entzückt die zahllosen armen Verwandten und reichen Paten, die die mütterliche Tante Gerda jeden Heiligen Abend um sich sammelte, um die Kerzen am großen Tannenbaum zu entzünden, Geschenke auszupacken und zu essen – und zwar gebratenen Karpfen.

Den Fisch unterzubringen war kein besonderes Problem. Das Haus in Wien war groß, und die Dienstmädchen, schlichte Mädel vom Lande, die daran gewöhnt waren, sich in Holzzubern abzuschrubben, traten bereitwillig das eigentlich ihnen zugedachte Badezimmer ab.

Hier, in dem riesigen mahagoniverkleideten Badezimmer mit Kupferhähnen von der Größe der Niagarafälle, schwamm der enorme graue Fisch majestätisch hin und her und her und hin und schien nichts von seiner ruhmreichen letzten Bestimmung oder auch von der Pracht um ihn her zu ahnen. Denn dies war kein gewöhnliches Badezimmer. Französische Teerosen – herrliche Blüten in der Größe von Kohlköpfen – schwirrten über die Tapete und wiederholten sich auf der riesigen Waschschüssel aus Porzellan und auch in dem ungeheuren Nachttopf – einem so großzügig bemessenen Gefäß, daß selbst die älteste der kleinen Nichten spurlos darin hätte verschwinden können.

Und hierher kamen die verschiedenen Mitglieder der Familie Mannhaus, um ihn zu besuchen, während es im Paradeschritt auf Weihnachten zuging.

Onkel Ernst kam und zog an seiner langen schwarzen Pfeife mit dem Porzellandeckel. Als unsentimentaler, aber dem guten Essen äußerst zugetaner Mann betrachtete er die letzte Bestimmung des Karpfens als durch und durch angemessen. Und doch, als er dem großen grauen Fisch so in die Augen sah und die sanft schwankenden Barteln bewunderte (die soviel prächtiger waren als sein eigener spärlicher Schnurrbart), fühlte Onkel Ernst deutlich eine Vertrautheit mit diesem einzigen anderen männlichen Wesen in einem ansonsten reinen Frauenhaushalt. Und als er also dort saß und an seiner Pfeife zog und dem vereinzelten Plätschern lauschte, wenn der Karpfen die Wasseroberfläche durchbrach, ließ Onkel Ernst für eine Weile all die Last von seinen Schultern gleiten, die es bedeutete, das Haus in Wien zu unterhalten, die Villa in Baden-Baden, das Chalet am Wörthersee, die etwa ein Dutzend Verwandten von Gerda, die wirklich sehr früh jede Bemühung eingestellt hatten, für sich selbst aufzukommen. Er vergaß sogar den Berg an Rechnungen, die dem Fest folgen würden. Und beinahe, aber nicht ganz, vergaß er sogar diese kleine bohrende Sorge um seine Tochter Graziella.

Auch Tante Gerda stattete dem Karpfen ihre Besuche ab – aber nur kurz, denn mit Weihnachten ging es ihrer Überzeugung nach auch nicht eine Minute ohne sie voran. Sie kam mit Listen behängt, die Stirn in Kopfschmerzfalten gelegt, den Kopf voll schlimmer Befürchtungen. Würde der Baum an die Decke stoßen, oder schlimmer noch: Würde er zu kurz sein? Würde Sacher den Baiser-Schwan mit Eis pünktlich liefern? Sollte man (und das war wirklich ein Problem) die Pfischingers »bedenken«, die *sie* letztes Jahr nicht »bedacht« hatten, aber dafür das Jahr davor? (Ach, dieses furchtbare Jahr, als die Steinhausens im allerletzten Moment noch einen Korb mit kandierten Früchten geschickt hatten und alle Geschäfte schon geschlossen waren, so daß sie schließlich den Azaleentopf, den die Hellers geschickt hatten, hatte neu einwickeln und an die Steinhausens schicken müssen – um sich die ganze restliche Weihnachtszeit über zu fragen, ob sie auch das Kärtchen abgenommen hatte!)

Während sie sich über den Fisch beugte, dachte Tante Gerda über die Sauce nach. Auch hier gab es Grund zu Bedenken. Sellerie, ja, Zitrone, ja, Zwiebeln, ja, Pfefferkörner, Ingwer, Mandeln, Walnüsse – alles gar keine Frage. Geriebener Honigkuchen, natürlich, Thymian, Lorbeer, Paprika und Pflaumenmus. Aber nun hatte ihre Schwester in einem Brief aus Linz Muskatblüte vorgeschlagen. Diese Idee war neu, geradezu revolutionär. Der Mannhauser Karpfen, ohne Muskatblüte, war ein gastronomisches Stadtgespräch in Wien. Man mußte auch an die Gefühle der Köchin denken. Andererseits ... selbst Sacher höchstpersönlich scheute sich nicht, ein altbewährtes Rezept abzuwandeln.

Die Gleichgültigkeit des Karpfens gegenüber seinem kulinarischen Drumherum war irgendwie beruhigend. Sie schloß für eine Sekunde die Augen und hatte ganz plötzlich die flüchtige Ahnung, daß Weihnachten *hinter* alldem lag, wenn sie es nur erreichen könnte. Wenn sie nur sicher sein könnte, daß es Graziella gutging. Und nun seufzte sie, denn sie hatte nie vorgehabt, irgend jemanden so sehr zu lieben, wie sie ihre einzige Tochter liebte.

Auch Franz von Rittersberg kam, um den Karpfen anzuschauen. Der Besuch des goldhaarigen, blauäugigen, strahlenden jungen Mannes, Erbe einer Kohlenmine in Schlesien, hatte ausschließlich etwas mit Arithmetik zu tun. Er maß den Karpfen im Geiste ab, teilte ihn durch die Anzahl der zu erwartenden Tischgäste, beschloß für sich, daß seine Portion als zukünftiger Schwiegersohn der Mannhausens sicher aus der breiteren Mittelpartie genommen werden würde – und ging zufrieden wieder fort.

Und die kleinen Nichten, die der englischen Gouvernante entwischt waren, kamen auch; kichernd und herumtrippelnd wie Mäuschen, mit weißen Strümpfen und braunen Schuhen, die Hinterteile allerliebst mit mehreren Lagen von Unterröcken ausgepolstert, und jede eine gestohlene Semmel fest in der Hand.

»Ferdinand«, flüsterte die Jüngste verzückt und balancierte dabei auf dem umgestülpten rosenverzierten Nachttopf. Ihre Schwestern, die auch ohne Hilfsmittel über den Badewannenrand lugen konnten, standen mit ernster Miene dabei und krümelten Brot ins Wasser. Der Fisch war ein Wunder – eines, das sich nicht um sie scherte, aber doch ihres. Ein *wahres Wunder*.

(Abends, jeden Abend, wenn das Kindermädchen sie allein ließ, kamen sie unter ihren Federbetten hervorgepurzelt und reihten sich zum immer gleichen Gebet auf. »Lieber Gott, mach, daß sie uns etwas Lebendiges zu Weihnachten schenken«, beteten sie Abend für Abend für Abend.)

Aber Graziella, die Tochter des Hauses, kam am häufigsten. Da hockte sie dann neben der Wanne, die schwärzlichen Locken im heftigen Wettstreit mit den Kohlrosen an der Wand, und sah mit dunklen, mitleidigen Augen auf den Fisch hinunter. Aber obwohl sie bei weitem die Lieblichste von allen seinen Besuchern war, behandelte Ferdinand sie äußerst unzivilisiert. Schlicht gesagt: Er ignorierte sie. Karpfen sind schließlich Süßwasserfische, und es war ihm nicht entgangen, daß die Tropfen, die auf ihn herunterfielen, wenn sie da war, bedauernswert viel Salz enthielten.

Die Götter hatten es wahrlich gut mit diesem Mädchen gemeint – sie war liebevoll und geliebt, freundlich und heiter, und vor ihr lag eine rosige Zukunft als Frau Franz von Rittersberg. Dennoch schien sie mit jedem Tag ein wenig dünner und blasser zu werden, und in ihren Augen stand ein immer größer werdendes Entsetzen. Denn wenn man sich sein Leben lang daran gewöhnt hat, immer nur zu geben und zu geben, wacht man vielleicht eines Tages auf und stellt fest, daß man – sich selbst hergegeben hat. Und dann verbringt man, so man kein Heiliger ist (und vielleicht sogar auch, wenn man einer ist), die Nächte elendiglich unter seinem Kissen versteckt und leckt sich die dummen Tränen fort.

Und so zogen sich die Tage langsam dahin, immer auf ihren Höhepunkt zu – den Heiligen Abend. Es schneite, der Baum kam, auf dem Adventskranz wurde die letzte Kerze angezündet. Die jüngste Nichte fiel in Ungnade, weil sie den Schornstein vom Pfefferkuchenhaus naschte. Immer hektischer wurden Geschenkkörbe hin und her getauscht. Die Pfischingers, die immer noch nichts geschickt hatten, schlichen sich schon in Tante Gerdas Träume ...

Am Morgen des Dreiundzwanzigsten kamen Onkel Ernst und sein zukünftiger Schwiegersohn zusammen, um die Opferriten über dem Großen Karpfen Ferdinand zu vollziehen.

Die kleinen Nichten hatte man in Mäntel und Strumpfhosen gesteckt und in den Prater verfrachtet. Graziella, die man als zartbesaitet kannte, war zu Rumpelmayers geschickt worden, um etwas zu besorgen. Und nun stand die Köchin mit einem riesigen Bräter aus Steingut am Fuß der Treppe – zu ihrer Linken die Dienstmädchen, rechts das Küchenpersonal. Auf dem Treppenabsatz weiter oben legte Tante Gerda ihren Männern die Waffen an – ein Küchenmesser mit langer Klinge, einen sieben Pfund schweren Hammer, ein altes, leicht angerostetes Schwert aus der kaiserlichen Armee, das einmal nach einer Abendgesellschaft zurückgeblieben war ...

Im Badezimmer sah Onkel Ernst den Fisch an, und der Fisch sah Onkel Ernst an. Ein vages Gefühl, nur der Hauch einer Vorahnung befiel Onkel Ernst, dessen Eingeweide einen leisen Hüpfer zu vollführen schienen.

»Du scheuchst ihn hier herüber«, befahl Franz mit ungeheurer Nonchalance. »Und dann, wenn er am Fußende ist, schlage ich zu.«

Onkel Ernst scheuchte. Der Karpfen schwamm. Franz schwenkte den Hammer über dem Kopf und – schlug zu.

Der Krach war ohrenbetäubend. Emaillesplitter flogen durch die Luft.

»Auauaua, mein Auge, mein *Auge*«, schrie Franz und ließ den Hammer fallen. »Ich habe einen Splitter im Auge. Hol ihn RAUS!«

»Ja«, sagte Onkel Ernst. »Ja ...«

Er legte das Schwert aus der kaiserlichen Armee ab und kletterte vorsichtig auf den Badewannenrand. Selbst da war er erst so gerade eben auf gleicher Höhe mit Franzens tränendem blauen Auge. Blind, wie er war, streckte Franz den Kopf vor. Der Rest war unausweichlich. Respektable Wiener Anwälte in mittleren Jahren sind keine Akrobaten. Sie geben auch nicht vor, welche zu sein. Der Karpfen schwamm gemächlich zwischen den Falten von Onkel Ernsts Hose herum und stellte wie erwartet fest, daß dort nichts auch nur annähernd Eßbares zu finden war.

Kurz nach dem Mittagessen ward Onkel Ernst, der inzwischen wieder trocken und in seine englischen Knickerbocker gewandet war, allmählich eine Eingebung zuteil.

Im Grunde war es doch so einfach. Das ganze raue Schlagen und Zupacken war gar nicht nötig. Man ging einfach nach oben; man zog den Stöpsel; man ging hinaus und schloß die Tür hinter sich. Und dann wartete man ...

Wenige Minuten später war Onkel Ernst völlig gelassen wieder zurück in seinem Arbeitszimmer. Nicht nur hielt er die Zeitung richtig herum, er *las* sie praktisch auch.

Im Hause war es still. Franz war nach ausführlichster Bemutterung durch die Damen des Hauses heimgegangen. Die kleinen Nichten hielten ihren Mittagsschlaf. Das Arbeitszimmer hatte ohnehin stoffbezogene Doppeltüren. Selbst *wenn* es irgendein Klatschen gab – wie es etwa ein im Todeskampf zappelnder Fisch verursachen würde –, Onkel Ernst würde es nicht hören.

Was er allerdings wenig später hörte, war ein Schrei. Ein wirklich beängstigender Schrei, äußerst virtuos, und er hatte keinerlei Mühe, ihn dem zweiten Hausmädchen zuzuschreiben, dessen Bruder der Jodelkönig von Schruns war. Ein zweiter Schrei gesellte sich dazu und dann ein dritter. Onkel Ernst stürzte in den Flur hinaus.

Sein erster Eindruck war, daß der Flur voller Menschen war. Der zweite, daß er naß war. Beides erwies sich als korrekt.

Graziella war damit beschäftigt, Tante Gerda zu beruhigen, die zitterte und kurz vor einem Nervenzusammenbruch stand. Die englische Gouvernante hatte, ehrfurchtgebietend wie alle Vertreterinnen ihrer Zunft, bereits Eimer und Wischlappen geordert und sich in die Bresche geworfen. Die Hausmädchen wischten und jammerten und rubbelten – und immer noch kam das Wasser stetig die Treppe heruntergeflossen, vorbei an den geschnitzten Putten auf dem Geländer, und verwandelte den Perserteppich in Brei.

Als man schließlich dazu kam, nach dem Verursacher zu fragen, war die Antwort eigentlich nur noch eine Formalität, da die Schuldigen freimütig alles zugaben. Da standen sie, die kleinen Nichten, blaß und zitternd und verängstigt – und dennoch sahen sie nicht wirklich zerknirscht aus. Ja, sie hatten es getan. Ja, sie hatten den Schlüssel hinter der Uhr hervorgeholt, die Badezimmertür aufgeschlossen, den Hahn aufgedreht ...

Schweigend und gottergeben warteten sie auf ihre Bestrafung. Nur das plötzlich herunterrutschende Hosenbein der Jüngsten verriet eine schier unerträgliche Spannung.

Graziella rettete sie, wie sie immer alles rettete.

»Bitte, Mutti? Bitte, Vati? ... So kurz vor Weihnachten?«

Es schlug Mitternacht. In der Mannhaus-Villa herrschte endlich Stille. Die kleinen Nichten, nachdem sie ihr Abendgebet absolviert hatten, waren erschöpft eingeschlafen. Tante Gerda stöhnte im Schlaf, sie träumte, die Pfischingers hätten einen riesigen Korb voller Sauce geschickt.

Da öffnete sich eine Tür, und Onkel Ernst kam auf leisen Sohlen im Schlafanzug aus dem Rauchsalon geschlichen. Er hatte eine enorme Flinte in der Hand – eine furchtbare, an die dreißig Jahre alte Waffe aus dem Besitz seines Vaters – und im Herzen einen Blutdurst, der ebenso heftig war wie unerwartet.

Erbarmungslos stieg er die Treppe hinauf; erbarmungslos betrat er das Badezimmer und drehte hinter sich den Schlüssel um. Und erbarmungslos trat er drei Schritte zurück, visierte die Wanne an – und schoß.

Graziella, die in diesen Tagen regelmäßig nachts wachlag, kam als erste bei ihm an.

»Ist alles in Ordnung mit dir, Papa? Alles in Ordnung?«

Doch hinter der verschlossenen Tür erhob sich nur ein erneutes schreckliches Wehklagen. Tante Gerda kam mit wippendem grauen Zopf herbeigeeilt. »Ernst, Ernst«, flehte sie und hämmerte gegen die Tür. Es war hoffnungslos.

»Ruft den Doktor an, die Feuerwehr. Schickt nach Franz, schnell«, befahl Gerda. »Ein Mann – wir brauchen einen Mann.«

Die Gouvernante stürzte zum Telefon. Aber Graziella in ihrer Verzweiflung warf sich den Pelzumhang über das Nachthemd und lief auf die Straße hinaus.

Und so kam es, daß das Leben von Sebastian Haffner binnen einer halben Minute ganz und gar auf den Kopf gestellt wurde. In der einen Minute war er noch frei wie der Wind und unbeschwert, ein junger Mann, der nur für seine Forschungen an der Universität lebte – und nur Sekunden später war er gefesselt, voller grenzenloser Leidenschaft, bereit, Berge zu erklimmen, gegen Drachen zu kämpfen und eine gigantische Hypothek auf ein Haus aufzunehmen. Und das aus keinem anderen Grund, als daß Graziella, die blind die Stufen hinunter auf die beleuchtete Straße gestürzt kam, ihm direkt in die Arme lief.

Für den Bruchteil einer Sekunde blieb die Umarmung, in der Sebastian das zitternde Mädchen hielt, väterlich und beschützend. Dann schlossen sich seine Arme fester um sie, und er wurde nicht mehr väterlich – ganz und gar nicht väterlich. Und Graziella sah mit Schneeflocken im Haar zu dem dunklen, sanften Gesicht dieses Fremden auf und konnte nicht – konnte einfach nicht fortsehen.

Dann besann sie sich und machte sich los. »Oh, bitte, kommen Sie«, stotterte sie und zog Sebastian bei der Hand. »Schnell. Es ist mein Vater ... Der Karpfen hat ihn erschossen.«

Sebastian sortierte seine Träume sofort um. Er würde sie regelmäßig in der Anstalt besuchen, ihr Blumen mitbringen und vorlesen. Und ganz langsam würde sie geheilt werden, durch seine ergebene Liebe.

»Beeilen Sie sich. Bitte. Bitte. Er hat so gestöhnt.«

»Der Karpfen?« versuchte es Sebastian und rannte mit ihr die Stufen hinauf.

»Mein Vater. Oh, *kommen* Sie.«

Die Hausmädchen standen klagend am Fußende der Treppe. Tante Gerda schluchzte auf dem Treppenabsatz.

Sebastian war überwältigend. Binnen Sekunden hatte er einen geschnitzten Eichenstuhl ergriffen und begann auf die Tür einzuschlagen. Die große Tür ging recht schnell zu Bruch und fiel heraus. Sebastian dicht auf den Fersen, strömten alle ins Badezimmer.

Onkel Ernst saß aufrecht gegen die Badewanne gelehnt und stöhnte und fluchte abwechselnd, die Hand auf der blutüberströmten Schulter. Um ihn verstreut lagen rosenverzierte Porzellanscherben und das Glas eines Spiegels, den die von allen Wänden des Bades zurückprallenden und Onkel Ernsts Schulter streifenden Schrotkugeln schließlich zersplittert hatten. Der Karpfen, der sich unter die Wasserhähne verzogen hatte, schien zu schlafen.

»Ernst«, kreischte Tante Gerda und fiel neben ihm auf die Knie.

»Binden, Schere, Verbandsmull«, befahl Sebastian, und Graziella stob davon wie der Wind.

Es war nur eine Fleischwunde, und Sebastian, o Wunder aller Wunder, war ein Doktor, wenn auch einer von denen, die in einem Laboratorium arbeiten. Schon bald lag Onkel Ernst, unzweifelhaft der Held der Stunde, auf einem Sofa und schlürfte tapfer an einem Cognac mit Eigelb und Vanille, Erdbeerlikör *und* Kirschwasser. Der Hausarzt kam, lobte Sebastian für seine hervorragende Arbeit und blieb ebenfalls auf einen Cognac. Die Feuerwehr, die in der Küche einmarschierte, zog Slibowitz vor.

Und oben standen vergessen Graziella und Sebastian und hatten nur Augen füreinander.

Das ist es also, dachte Graziella, daß man singen und tanzen und laut herausschreien möchte und sich doch so voller Demut fühlt und so *gut*. Das war es, was sie nie gefühlt hatte, so daß sie sich beinahe Franz hingeworfen hätte, wie man einem Hund einen Knochen vorwirft, damit er aufhört zu knurren ... Wie ein Echo zu ihren Gedanken schrillte in diesem Moment die Hausglocke, und Franz von Rittersberg wurde eingelassen. Sein Auge war immer noch geschwollen und er selbst nicht eben bester Laune.

»Dieses Haus wird langsam zu einer Irrenanstalt«, sagte er, während er die Treppe hinauflief. »Weißt du, wie spät es ist?«

Graziella wußte es nicht. Die Zeit war stehengeblieben, als sie Sebastian in die Arme gelaufen war. Es würden Jahre vergehen, bevor sie sie wieder gänzlich einholte.

»Dann laßt uns um Himmels willen diesen vermaledeiten Fisch umbringen und wieder ins Bett gehen«, sagte er, zog den Mantel aus und holte ein Messer und eine Flasche mit Glasstopfen hervor. »Ich habe Chloroform mitgebracht.«

»Nein!«

Graziellas Stimme klang so durchdringend, daß beide Männer erschraken. »In England, wenn da jemand gehängt wird, und es klappt nicht ... also, wenn das Seil reißt, dann läßt man ihn am Leben.«

»Herrgott noch mal, Graziella, jetzt mach uns nicht wahnsinnig«, giftete Franz. »Was zum Teufel sollen wir dann morgen essen?«

Er stolzierte ins Badezimmer. »Sie können mir helfen«, rief er über die Schulter Sebastian zu, der still auf dem halberleuchteten Treppenabsatz gestanden hatte. »Ich ziehe den Stöpsel raus und schütte ihm dies Zeug über. Dann schlagen Sie seinen Kopf gegen den Wannenrand.«

»Nein«, Sebastian trat ins Licht. »Wenn Fräulein ... wenn Graziella nicht will, daß dieser Fisch getötet wird, dann wird dieser Fisch nicht getötet.«

Franz stellte seine Flasche ab. In seiner Wange zuckte ein Muskel. »Sie ... Sie ... Für wen halten Sie sich eigentlich, daß Sie sich einfach hier reindrängen und mir sagen, was ich zu tun und zu lassen habe?«

Wenn man bedenkt, daß beide beteiligten Herren

aus einer guten Familie stammten, war der folgende Kampf eine außerordentlich schmutzige Angelegenheit. Die Queensberry-Regeln, auf dem Kontinent durchaus bekannt, hätten ebensogut gar nicht existieren können. In gewisser Weise war das Ergebnis natürlich unvermeidlich, denn Franz wurde nur von Haß und Gier nach seinem Weihnachtsessen angetrieben, während Sebastian aus Liebe kämpfte. Aber obwohl sie nicht im mindesten an Sebastians Sieg zweifelte, besprenkelte Graziella frohen Mutes ein Badehandtuch mit Chloroform und sorgte für absolute Sicherheit.

Der Tag brach an. Die Glocken am Stephansdom läuteten die Geburt Christi ein.

In der Mannhaus-Villa schlief Graziella, lächelte und schlief weiter. Onkel Ernst, auf sieben Daunenkissen gebettet, öffnete ein Auge, dachte zufrieden, daß heute niemand etwas von ihm wollen konnte – kein Tranchieren, kein Herumgewackel auf Trittleitern, kein Kerzenanzünden –, und machte das Auge wieder zu.

In der Küche aber schauten Tante Gerda und die Köchin bei ihrer Rückkehr von der Messe Unglück und Schande ins Auge. Alles war bereit – die gehackten Kräuter (die Köchin hatte tapfer der Muskatblüte zugestimmt), der Wein, die Sahne, die Zitrone … und oben schwamm mit kräftigen Zügen der Hauptbestandteil, die *raison d'être* vieler Tage der Planung und Berechnung, der doch schon seit Stunden in seiner Marinade hätte schwimmen sollen.

Und als wäre es nicht genug, kam, als sie sich gerade zum Frühstück niederließen, die Nachricht von Franz. Er war immer noch unpäßlich und würde nicht zum Abendessen zu ihnen kommen. Es dauerte eine geschlagene Minute, bis die ganze Tragweite dieser Nachricht zu Tante Gerda durchgedrungen war. Als es soweit war, ließ sie den Kopf hängen und stöhnte: »Dreizehn! Wir werden dreizehn Personen zum Abendessen sein! Du lieber Himmel! Großtante Wilhelmina wird das niemals dulden!«

Aber das Schicksal war noch nicht fertig mit Tante Gerda. Die Frühstücksteller waren noch kaum abgeräumt, als es an der Hintertür klingelte und das Mädchen unter einem gewaltigen Korb ächzend wieder hereinkam.

»O nein ... NEIN!« kreischte Tante Gerda.

Und nun war er da, der Moment, dem all die vergangenen Wochen zur Vorbereitung gedient hatten. Es war früher Abend, die kleinen Nichten brodelten und kochten in ihren Unterröcken, gescheucht von Kindermädchen mit Lockenscheren und Schleifen. Im »Weihnachtszimmer« kletterte Tante Gerda unter den wohlwollenden Blicken Onkel Ernstens die Trittleiter hinauf und wieder runter, um die Kerzen zu überprüfen, den Wassereimer und ob der Silberstern richtig saß. Murmelnd und mit der Zunge schnalzend wieselte sie von einem zum nächsten Geschenkehaufen, die sie auf dem riesigen weißen Tuch unter dem Baum verteilt hatte. Graziellas junger Arzt, den man in seinem Laboratorium erreicht hatte, hatte die Einladung zum Abendessen angenommen, damit sie nicht dreizehn wären. Irgendwie hatte er sogar Geschenke für die kleinen Nichten aufgetrieben – drei winzige Holzkästchen, die Tante Gerda nun ihren Haufen hinzufügte.

Und nun waren alle Kerzen entzündet, und sie läutete die Schweizer Kuhglocke mit dem hübschen Ton, das Zeichen, daß alle hereinkommen durften.

Obwohl sie vor der Tür gekauert und gedrängelt hatten, kamen die kleinen Nichten, als sie geöffnet wurde, nur langsam, ganz langsam herein, und die Kerzen am Baum leuchteten in ihren Augen. Hinter ihnen kam Graziella, den Kopf zu dem glitzernden Stern hin geneigt, und neben ihr der junge Doktor, der ihr nur eine einzelne Rose geschenkt hatte.

Und plötzlich waren Tante Gerdas Kopfschmerzen verflogen, und sie weinte ein bißchen und wußte doch wieder einmal, daß das, wofür sie sich die ganze Zeit angestrengt hatte, da war. Weihnachten.

Man sollte meinen, das wäre nun das Ende der Geschichte, nicht wahr? Aber meine Mutter, die sie mir Jahre später erzählte, fuhr gerne noch ein ganz klein wenig damit fort. Bis zu dem Moment, in dem die kleinen Nichten, die höflich einen Berg kostspieliger Nichtigkeiten ausgepackt hatten, plötzlich in Schreie höchsten Entzückens und Erfüllung ausbrachen. Denn als sie Sebastians Kästchen öffneten, fand eine jede darin eine winzige rotäugige *lebendige* Maus.

Oder noch ein wenig weiter. Zur Familie, die um den Tisch sitzt – Damast, Kristallkelche, tiefrote Rosen in einer Vase. Zu den kleinen Nichten (die Jüngste bedenklich auf ihrem Kissenberg wakkelnd), deren Taschen im Unterkleid je eine schläfrige, heimlich hineingeschmuggelte Maus wölbte. Zu Onkel Ernst, so eindrucksvoll in seinen Bandagen, und Graziella und Sebastian, die glühten gleich Kometen ... Zu den sich plötzlich versteifenden, weiß hervortretenden Fingergelenken um die schweren Löffel, als Tante Gerda die riesige silberne Servierplatte hereintrug.

Und dem erleichterten Aufatmen und dem Ausdruck bewundernder Gier, als sie sie absetzte. Mit Eiern verziert und von Essiggurken übersät, die durchsichtigen Tiefen von exotischen Fischen und winzigen juwelenbesetzten Gemüsen glitzernd, wakkelte das gefeierte Gericht ganz sanft vor ihren Augen: Flußneunaugen in Aspik! O ja – die Pfischingers hatten getreulich an sie gedacht.

Als die kleinste Nichte erwachsen und meine Mutter geworden war, schloß sie ihre Geschichte am liebsten an dieser Stelle. Aber ich bekniete sie jedes Mal, noch ein bißchen fortzufahren. Bis zu dem Tag nach Weihnachten. Zum Haus der Pfischingers am anderen Ende von Wien. Zu Herrn Doktor Pfischinger, einem kleinen, kahlen, milde gestimmten Mann, der die Treppe zu seinem Badezimmer emporsteigt. Er hält ein Messer mit langer Klinge in der Hand, einen Hammer, eine *Donnerbüchse* ...

HELEN CROSS

Wenn sieben Schwäne schwimmen

In der Natur ist die sexuelle Treue zum Partner vornehmlich in der Vogelwelt zu finden, nicht etwa bei Säugetieren, und selbst unter den monogamsten Vogelarten kommt es immer wieder einmal vor, daß sich ein Tier nach anderen Gespielen umsieht.

World Wildlife Fund, August 2001

Es war 20 Uhr 15 am Neujahrsabend, und mein gutaussehender Nachbar lag nackt in der Eiseskälte. Ich wußte sofort, daß ich ein weiteres Opfer gefunden hatte – nicht etwa das eines Festtags-Serienmörders, sondern eines dieses Liebeswahns, der meine kleine Gemeinde befallen hatte.

Er zeigte alle Symptome – hastige Atmung wie im Moment höchster Lust und Vergessens, geballte Fäuste, hochrote Wangen. Und als er sich erhob, wie verhext und von Irrsinn befallen, war es, als habe er einen Zaubertrank genommen, denn während er so dastand, war der Mond nichts weiter als sein Scheinwerfer, das Gras seine weiche, grüne Bühne. Er schlafwandelte nicht, und er war auch nicht betrunken – er stand nur mit großen Augen da und starrte in den verhangenen Himmel.

Natürlich gehörte zu den Symptomen meines plötzlichen erotischen Wahns in jenem Jahr auch eine seltsame Neigung zur mythischen Überhöhung – und so sah ich in jener Neujahrsnacht nicht etwa einen *gutaussehenden* Mann, ich sah einen *Sexgott*. Als ich weiter am Zaun entlangging und näher hinsah, war das Ganze schon nicht mehr so aufregend: Der namenlose Nachbar, der Feuerwehrmann, war kein Gott und auch nicht völlig nackt – er trug Boxershorts. Aber auch ihn hatte es erwischt, das konnte ich sehen, genau wie den Geiger und die Schulleiterin, die Braut, Lola die Wetterfee, den Anästhesisten. Und, vielleicht mehr noch als alle anderen, mich selbst.

Ich sog scharf die Luft ein und hörte ein eisiges Klirren: Da gingen sie in Scherben, alle meine Eheversprechen. Der Feuerwehrmann stöhnte, und ich hätte am liebsten aufgeschrien, dort, wo ich hockte, denn dieses Stöhnen durchfuhr mich ganz und gar, wie ein heftiger Schmerz.

Ein Jahr zuvor.

»Eine Wasserstraße«, rief Nick, mein Mann, »wie in Venedig!«

»Kanal«, erwiderte ich und betrachtete über seine

Schulter hinweg die Architektenskizze eines modernen Hauses, »wie ein leichenverpestetes Überbleibsel eines aufgelassenen Industriegebiets.«

»Schwäne, Boote, Schilf ...«, fuhr Nick fort.

»Ich weiß nicht, ob ich Schwäne leiden kann.«

Nick sah mich traurig an. Wir kamen nicht gut miteinander aus. Wir waren seit sieben Jahren zusammen, aber erst seit einem verheiratet. Wir hatten ein vier Monate altes Baby, Billy. Man konnte unsere Probleme auf das Übliche zurückführen: Er war nur noch mit seinem anstrengenden Job beschäftigt, ich mit unserem kleinen Sohn. Unser Liebesleben hatte darunter gelitten. Wir waren ständig müde und leicht verärgert. Wir stritten uns über alles und jedes. An jenem Tag ging es darum, wo wir wohnen würden.

Obwohl unsere Wohnung eindeutig zu klein war, zögerte ich umzuziehen. Nick hatte seine ganze Hoffnung in etwas für gehobene Ansprüche im Stadtzentrum gesetzt. Ich versuchte ihm klarzumachen, daß diese ganze Anlage namens Water's Edge zu konventionell für uns war. Wir mußten doch nicht anders werden, nur weil wir verheiratet waren, meinte ich. »Laß uns die Sache aufgeben, Nick, und mit dem Wohnwagen über die Wiesen fahren und Brennesseln essen.«

»Aber mir gefällt diese Verbindung von Stadt und Natur. Ich will Wildnis in meinem wilden Leben.«

»Daran ist doch nichts Wildes«, rief ich. »Es erinnert mich an schreckliche, elende verklemmte Orte wie Stratford-upon-Avon.«

»Sei nicht immer so widerborstig«, gab Nick scharf zurück. »Wir sind dreiunddreißig, wir sind verheiratet, wir haben Billy, wir müssen erwachsen werden. Ich mag Schwäne.«

»Dir ist aber schon klar, daß die heute von Immobilienhaien entworfen werden«, sagte ich wütend. »Die sind batteriebetrieben.«

Etwa um dieselbe Zeit gestand ich Nick die andere Sache, die mich an Water's Edge störte. Ich hatte in der Zeitung gelesen, daß dort die Frau wohnen würde, die zur Braut des Jahres gewählt worden war.

Die Braut war blond und fünfundzwanzig. Sie war eine fähige Buchhalterin, ein geliebtes Einzelkind, einstige Ballettänzerin, Gymnastin und der Star ihrer Schauspielschule. Dank eines Wettbewerbs in einem Radio-Regionalsender würde die Braut einen ihr völlig Fremden heiraten, dem sie erst noch begegnen mußte.

Ich wußte, daß das Ganze billig war und sensationslüstern und symptomatisch für unsere Zeit, in der es einfach zu viele Berühmtheiten gab, aber die Geschichte der Braut faszinierte mich.

»Ich kenne Freundinnen, die zu lange gewartet haben«, gestand die Braut mit kehliger Stimme bei ihrem ersten Interview. »Ich will mich binden, und zwar jetzt.« Um den Wettbewerb zu gewinnen, mußte die

Braut zehn Fragen zum Allgemeinwissen beantworten. Etwa so: »Drei Säugetiere, die ein Leben lang zusammenbleiben, sind der Wolf, die Windspielantilope und der Biber.« Außerdem mußte sie fröhlich auf anzügliche Telefonfragen von Zuhörern antworten. »Also, das buchstabiert man ... o ... o ... – nein, nicht noch ein o – m-o-n-e-g-a-m.« Das war die einzige Frage, die sie nicht richtig beantwortete. Dann sollte sie einen Lieblingsvogel aussuchen. »Ach, also ich bin ja so romantisch: der Schwan.« Zum Schluß mußte die Braut noch ein Foto einreichen, das von den Lesern der Abendzeitung begutachtet wurde. Sie gewann mit weitem Vorsprung. Ihr Preis bestand nicht nur in einem maßgeschneiderten Mann (sechsundzwanzig, blond, braungebrannt, muskulös, Mark mit Namen, Marketingleiter), sondern sie bekam zudem einen Range Rover, kostenlose Maniküre, Pediküre und Friseur für ein Jahr und eine »Luxusbleibe« im Water's Edge.

»Glückliche Frau«, sagte Nick, als ich die Geschichte von der Braut zu Ende erzählt hatte. Und dann, als er sich von Billy und mir abwandte, um einzuschlafen, sagte er noch: »Und jetzt schau zu, wie sie's vergeigt.«

Sechs Monate später trat Lola in meine Ehe.

»Sie lieben sich«, sagte ich zu Lola, als wir den acht Schwänen zusahen, die zu Füßen unseres neuen Heims dahinglitten. Auf meinem Schoß zappelte Billy wie ein dicker Fisch. Die Vögel waren so betörend still, daß ich ihre Schönheit nicht leugnen konnte, auch wenn sie als Wohnanlagenverzierung in einem Warenlager für Bauherren zusammengekauft worden waren.

»Vielleicht haben sie einfach nicht genug Schneid, sich zu trennen«, sagte Lola.

Sagte sie Schnee, dachte ich, denn Lola war eine Wetterfee. Sie war die hübsche, neue, unverheiratete, spanische Partnerin meines Mannes Nick. Sie arbeiteten zusammen beim Fernsehen. Wie ein hartnäckiges Kraut hatte sich Lola innerhalb von nur drei Monaten ihren Weg durch die Risse in meiner Ehe gebahnt. Nick sagte, er hätte sich mit ihr befreundet, weil sie sich auch im Water's Edge einkaufen wollte, die Natter. Anscheinend unterhielten sich die beiden in der Kantine über Immobilienpreise. Lolas Apartment wurde als »für höchste Ansprüche« beschrieben und verfügte über ein Schlafzimmer, ein Jacuzzi, eine Sauna und Panoramablicke über die Stadt.

»Eheberatung«, schrie ich Lola über das Geheul von Billy hinweg zu, der sich wand und um sich schlug. »Vielleicht haben sie alles aufgearbeitet und beschlossen, es noch einmal zu versuchen. Im Interesse der Schwanenkinder.«

»Selbst Schwanenkinder merken, wenn es Spannungen gibt«, gab Lola *frostig* zurück, pustete Rauch über das Wasser und seufzte. Unkraut, dachte ich.

Ja, wenn ich eine anständige Ehefrau gewesen wäre, wäre Lola schon gebührend verarztet worden – vergiftet, mit den Wurzeln ausgerissen, mit dem Spaten erschlagen –, aber ich war halbtot vor Schlafmangel, und ich war Nick sieben Jahre lang treu gewesen und erschöpft von unseren ewigen Streitereien, und ich war meinerseits ziemlich fasziniert von dieser Spanierin, die sich ihre Zigaretten mit so dramatischer Geste anzündete, als wäre sie berühmt.

Die Braut heiratete im Juni. In jenem Sommer kam es zu Rassenunruhen, Straßenkämpfen, es gab Angst und Wut, dumpfes Gerede über Fremde in unserer Mitte, aber die Braut fegte alles von der Titelseite. Sie war die Schlagzeile. An ihrem großen Tag brachte die Abendzeitung eine Hochglanzbeilage über die Hochzeit. Alles wirkte spielend leicht. Ich las Nick Ausschnitte aus den Festreden vor. »Eine Verbindung fürs Leben ist heutzutage etwas Seltenes geworden«, erklärte die Brautjungfer. »Bei den Tieren gibt es nur etwa eine Handvoll Arten, die monogam sind, aber ich kenne dieses Mädchen, sie ist kein normales Säugetier. Sie ist entschlossen, das durchzuziehen.«

In den nächsten vier Monaten lernte Billy laufen, und SuperGym Inc. kam zu unseren schwindelerregend teuren Heimen an die Wasserseite, rechts Aqualife Experience und links »Europas schickster Parkplatz«. »Na ja, Nick, unsere Seelen werden vielleicht verkümmern und absterben, aber wenigstens werden wir immer wissen, wo wir das Auto lassen können«, bemerkte Lola *trocken*, als wir uns zur Mittagszeit trafen, um uns die Baufortschritte anzusehen.

Während ich so die Schwäne und die hohen Tore betrachtete, ging mir auf, daß Nick und ich etwas Gefährliches und Falsches getan hatten – wir hatten eine romantische Verbindung aufgebaut und nun ein Heim, und alles unter der Voraussetzung, daß andere Menschen draußen bleiben mußten.

Während der Vorbereitungen zum Auszug aus unserer winzigen Dachwohnung warfen Nick und ich unsere alten übernommenen Möbel raus. Ich brachte meine Studentengarderobe zum Wohlfahrtsladen. Ich warf Nicks Kricket-Anzüge, Fußballprogramme und Walkie-talkies weg. Meine Sammlung von angeschlagenem Porzellan aus Vorkriegszeiten zerdepperten wir zur Feier unseres neuen, vernünftigen Ehelebens.

Ich habe mich schon immer unwohl gefühlt, wenn ich etwas wegwarf. Etwa um diese Zeit begann ich mich zu fragen, ob die Veränderung vielleicht das war, was ich am meisten fürchtete, genau wie bei den mörderischen Aufständischen in der Stadt. Und ob das vielleicht der Grund war, warum ich Nick überhaupt geheiratet hatte.

Lola nahm sich einen Tag frei, um uns beim Umzug zu helfen, und trug zusammen mit Nick unseren Studenten-Futon zum Container. Wir hatten ein teures neues Sofa gekauft. Lola tätschelte die klumpige alte Matratze und sagte: »Ich wette, das Ding hat so einiges erlebt, Tiger«, und Nick sah sie etwas verschämt an, und einen Moment lang war ich erregt, denn es war, als sähe ich ein Foto von jemandem, den ich früher mal kannte.

»Hast du von der Braut gehört?« fragte ich Lola irgendwann später an dem Tag.

»Von ihr gehört? Verdammt, ich hätte sie *sein* können! Ich hab mich auch beworben. Aber die fanden, ich sähe nicht aus wie der treue Typ«, kicherte Lola *heiter*.

Unbehaglich begannen Nick und ich uns einzurichten. Billy fing ohne jede Furcht an zu laufen und zu springen und zu klettern. Die acht Schwäne, in ihrer gemeinschaftlichen Wonne wie mit Juwelen bedeckt von Regentropfen, die flackerten wie ein Diamantenregen auf Schnee, betrachteten uns ungerührt. Den ganzen Tag lang schwammen sie Patrouille an unserem Abschnitt vom schwarzen Wasser und glotzten mit ihren pechschwarzen Augen in unser Wohnzimmer, wo wir jungen Nestbauer unsere Kisten auspackten. Ich bemühte mich, nicht zu diesen makellos heiteren und stabilen Paaren zurückzustarren, die sich über meine zunehmend brüchige und wackelige Ehe lustig zu machen schienen.

»Hey, euers ist sooo traditionell«, sagte Lola *sonnig*, als sie auf einen Drink zu uns kam. »Meins ist mehr wie die Prachtgemächer einer Edelnutte.«

Trotzdem war es seltsam anregend, wenn man dieses Früchtchen um sich hatte. Lolas Anblick allein ließ mich an unbequeme, aber belebende Erwachsenenfragen denken wie etwa: Kann ein Mann zwei Frauen gleichzeitig lieben? Haben Singles das bessere Liebesleben? Können die Menschen angesichts steigender Lebenserwartung wirklich noch ein Leben lang treu sein?

»Weißt du was, Lola, ich merke jetzt erst, daß das Haus hier ziemlich ähnlich ist wie das, in dem Nick aufgewachsen ist«, sagte ich.

»Darum mag ich es ja«, erwiderte Nick.

Ich erinnerte mich unvermittelt an etwas: Wie enttäuscht ich gewesen war, als mir auffiel, daß alle Frauen, mit denen Nick je zusammengewesen war, gleich aussahen – wie die immer gleichen, altbewährten Bequemschuhe eines Mannes, der das Einkaufen haßte.

»Aber Nick, du wirst dir vorkommen, als hättest du deine Mutter geheiratet«, sagte Lola *warm*. Und Nick sah sie mit einem verwirrten Blick an, als wollte er sagen: *Natürlich* – er hatte immer seine Mutter heiraten wollen.

Etwa um diese Zeit kaufte ich täglich die Zeitung, um mich über die Ehe der Braut auf dem laufenden zu halten. Am 24. November wurde der Bauunternehmer-Vater der Braut zu Gerüchten über Eheprobleme interviewt. »Sie ist kein Single mehr. Sie ist verheiratet«, erklärte er feierlich, »und jetzt muß das Mädchen lernen, das zu wollen, was sie hat, und nicht etwa, das zu bekommen, was sie will.«

An einem Samstag Anfang Dezember ließen wir Billy zum erstenmal bei den Großeltern und luden unsere neuen Nachbarn ringsum zu einem Einweihungsumtrunk ein. »Ehemann«, sagte Nick. »Wie in Herr des Hauses.«

»Ehefrau«, antwortete ich, »wie in gefährlich gelangweilte, scharfe Kanone.«

Irrsinnigerweise hatte ich eine handgeschriebene Einladung für die Braut an den Radiosender geschickt, aber die berühmte Ehefrau erschien nicht. Das Starähnlichste, was wir vorzuweisen hatten, war Lola in einem winzigen Elfenkleidchen aus reiner Gaze. Der Feuerwehrmann von der gegenüberliegenden Kanalseite kam und stand schmorend in den Zimmerecken. Ich spazierte beschwipst und mit mehr Wein in der Hand zu ihm hinüber. Sein Brustkorb war gewölbt, als würde er beständig nur einatmen, und ich fragte mich, ob das auf Verspanntheit, Schüchternheit oder Fitneß zurückzuführen war. Seine Hüften waren schmal und fest. Mister, wir beide könnten so schnell im Bett landen, wie es dauert, das Glas hier nachzuschenken, dachte ich betrunken.

Aber sobald ich den Kopf wandte, konnte ich meine verheirateten, monogamen Gäste über Inflation, Verbrechen und die Karriere, Kreissägen und andere fesselnde Themen sprechen hören. Auch um Mitternacht wurde auf unserer Party immer noch nicht getanzt und geküßt. »Komm mal her, ich will dir Donald vorstellen«, schrie Nick.

»Kann nicht«, winkte ich zurück. »Ich muß los und meinen Kopf in den Ofen stecken.«

»DIE BRAUT IN EHEKRISE«, hieß es an einem überraschenden Tag Mitte Dezember neben einem – unscharfen – Bild von ihr, wie sie davonhastete zu einem Range Rover, versteckt hinter einer Sonnenbrille, Wäsche aus der Reinigung über dem einen Arm, einen rosa Blumenstrauß im anderen. Die Braut sah ängstlich und verheult aus. Da schien es nur eine Wahl zwischen zwei Übeln: entweder, man lebte verheiratet und frustriert, aber mit allem Komfort, abgesichert und im Wohlstand, oder man strebte nach Freiheit und Unabhängigkeit und Selbstverwirklichung – und bekam einen Lebensvorrat an Panik und Existenzangst als Einstandsgeschenk dazu.

Der tiefe Winter kam, mit Kälte und Eis, aber mein Heim für gehobene Ansprüche war so gemütlich und warm und vertraut, daß ich mich andauernd schläfrig fühlte. Ich war so gründlich sediert von der Monogamie, daß es mir schwerfiel, auch nur aus dem Sessel aufzustehen. Nick arbeitete immer bis spät in den Abend hinein. Mein Gemäkel und seine Wutanfälle, unsere ständige Beschäftigung damit, wie es einmal gewesen war, wurden immer schlimmer.

Wenn Billy nachmittags eine Stunde lang schlief, versuchte ich meine Stimmung aufzuhellen, indem ich mich auf den überfrorenen Kiesstreifen vor der Eingangstür setzte. Da konnte man mich dann nicht selten beobachten, wie ich mich an meiner Kaffeetasse wärmte und den zuverlässigen Schwänen teures Gebäck zuwarf.

An manchen Tagen, wenn sie auf dem Weg von ihrem Nuttengemach zur Fernsehstation war, kam die windige Wetterfee auf einen Besuch bei mir vorbei. Ich war die Patientin in der Geschlossenen und Lola meine tatkräftige Sozialarbeiterin. »Was ist das nur mit dir und diesen verdammten Schwänen«, sagte sie eines Tages *eisig*. Sie wedelte mit den Armen und sah aus wie ein Mafiaboß, nur komischer. »Gibt es da irgend etwas, das ich wissen sollte, Schätzchen?«

»Ach, Lola«, gestand ich. »Vielleicht bin ich eifersüchtig. Sie sind die einzigen glücklichen Paare, die ich kenne.«

Am 20. Dezember gab die Braut nach vielen Gerüchten und Spekulationen ein Interview. Sie betonte, daß sie in den vergangenen sechs Monaten eine gute Ehefrau gewesen sei. Dann entfuhr ihr die verschmitzte Bemerkung, sie habe sich allerdings manchmal gefragt, wie gut sie wohl eine schlechte Ehefrau abgeben würde.

Als ich das las, brach mir der Angstschweiß aus. Wollte die Braut wirklich den ganzen Ruhm und

Glanz und die öffentliche Zustimmung in den Wind schreiben und ihre Ehe torpedieren? Mir war schwindelig. Ich beschloß, mit Nick zu reden. Wir mußten unsere Beziehung flicken, bevor es zu spät war.

Dann kam Nick erschöpft von der Arbeit und sagte: »Er glaubt, daß sie als nächstes unsere Schwäne braten werden.«
»Wer glaubt das?«
»Der Typ von zwei Türen weiter. Irgendwelche hungrigen ausländischen Gauner wollen unsere einheimischen Vögel zu Essen verarbeiten. Als Weihnachtsschmaus.«
Es hatte schon seit Monaten Unruhe gegeben, Proteste und Forderungen, alle Ausländer nach Hause zu schicken. Die Lokalnachrichten berichteten regelmäßig über blutige Zwischenfälle, bei denen sich angsteinflößende Männer gegenseitig bekämpften.
»Weißt du, was, Nick«, sagte ich traurig. »Seit wir geheiratet haben, haben wir beide langsam Angst vor allem, was wir nicht kennen.«
»Ich verteidige nur meine Familie.«
»Du hattest zuwenig Sex.«
»Woher willst du denn das wissen?«
An dem Abend verdrängten die Gerüchte, die Asylsuchenden der Stadt wollten die Schwäne rösten, die Braut aus den Schlagzeilen. Im Blatt schrieb der zuständige Redakteur, die Vögel würden nicht etwa von echten Jägern über einem knisternden Holzfeuer

geröstet, sondern in einen Sozialwohnungsbackofen geschoben und »auf Kosten des Steuerzahlers« gebraten. (»Die Vögel der Königin werden regelmäßig von Immigranten aufgefressen!«)

Erregt stellte ich mir einen riesigen Schwan mit steifem Hals vor, gefüllt und langsam röstend, aus dem der dicke Saft heraustrat und wie Milch in das olivfarbene Wasser des Flusses tropfte.

In den Tagen vor Weihnachten ging Nick zu Betriebsfeiern, und ich blieb bei verschlossener Tür zu Hause und schaute auf den Weihnachtsbaum. Ich spielte an meinem Ehering herum und versuchte, nicht über die Braut nachzudenken. Ich holte mir keine Zeitung mehr. Dann hörte ich durch Zufall im Radio, daß die Braut zum Arzt gegangen war. Und sie hatte ihrer Freundin gestanden, sie versuche ihr möglichstes durchzuhalten, aber sie hätte schon Schweine mit besseren Tischmanieren gesehen, und sie hätte es auch nicht dorthin gebracht, wo sie heute war, indem sie einem Mann die Socken hinterherräumte.

Und dann, als ich die Starre und die Spannung zwischen Nick und mir endgültig nicht mehr aushalten konnte, wurde alles anders. Es war am Nachmittag von Heiligabend. Die Verwandlung kam ebenso sang- und klanglos, wie wenn das Wetter plötzlich von Regen in Sonnenschein umschlägt. Aber, so sollte ich später meinem Feuerwehrmann-Nachbarn erzählen, ich hörte nichts – keinen Schuß, keinen Schlag und auch nicht das elastische Geräusch, wenn ein Hals umgedreht wird. Er hörte auch nichts, keinen letzten Fluch, keinen letzten Strohhalm, der abgeknickt wurde – aber es war geschehen: Das ornithologische Symbol monogamen Glücks hatte das Nest verlassen.

Erst später stellte ich eine Verbindung zwischen dem Verschwinden des Vogels und meiner eigenen plötzlichen Stimmungsveränderung her. Noch bevor mir auffiel, daß es nur noch sieben Schwäne waren, hatte ich meinen Kopf in den Nacken gelegt, zum bleiernen Himmel hinaufgeschaut und einen tiefen, unverkennbar weiblichen Klagelaut von mir gegeben.

Drei wutentbrannte Anwohner fanden weder ein Skelett noch Federn, obwohl sie jeden Stein umdrehten. Die Polizei wurde informiert, aber am Abend fingen noch immer nur sieben weiße Gefieder das fahle Mondlicht ein.

An diesem Abend meinte ich eindeutig zu bemerken, daß sich die sieben schneller bewegten – sie waren aufgeschreckt und erregt durch ihre neue Zahl und wie angespornt durch den frischgebackenen Single unter ihnen.

In einem Leitartikel scherte sich der Redakteur nicht um die sozialen Unruhen und schrieb statt dessen: »Es ist unmöglich abzusehen, was die Braut als nächstes tun wird.«

»Sie waren doch leidenschaftlich verliebt«, sagte ich zu meinem Feuerwehrmann-Nachbarn, als er wie von Zauberhand neben mir auf dem Uferweg auftauchte. Es war kurz nach Mitternacht, in den ersten Minuten des Weihnachtstages. Billy, der inzwischen tief und fest die Nächte durchschlief, lag zusammengerollt in seinem Bettchen. Nick war noch aus zum Tanzen. Mich fröstelte, innerlich zitterte ich, als stünde die Tür zu meinem Herzen weit offen – und auf der Schwelle davor eine Fußmatte mit der Aufschrift »Willkommen«. Ich hatte die verrückte Vorstellung, der Mann könnte mich vielleicht gleich über die Schulter werfen und in seine Höhle schleppen.

»Das hat nichts mit Leidenschaft zu tun«, erwiderte der Feuerwehrmann sanft und zeigte auf die frierenden Vögel. »Da geht es nur ums Überleben. Einer muß im Nest bleiben und die Eier warm halten, während der andere auszieht, um Nahrung zu besorgen.«

»Sie meinen, es geht nur ums Brüten?« rief ich und preßte die Fingerspitzen auf die Lippen. »Sie sind nur wegen der Kinder zusammengeblieben?« Und dann flirtete ich mit ihm, ich war wie elektrisiert: »Das kann doch wohl nicht wahr sein, oder?«

Als ich das Einwickelpapier weggeräumt hatte, Nick mit seinen Apparaten beschäftigt war und Billy die meisten seiner Spielsachen schon wieder kaputtgemacht hatte, stellte ich das Radio an, um Nachrichten zu hören.

»Ich bin jung«, rief eine belustigte Stimme. »Ich brauche Spaß; es war alles ein schrecklicher Fehler.«

Ich machte die Tür zu. Ich mußte mich mit meiner Familie einrichten. Loyal sein, treu. Es zu einer monogamen, häuslichen Zufriedenheit bringen. Die Herausforderung, der ich mich gegenübersah, bestand darin, erotisch verrucht, abenteuerlustig und verführerisch zu wirken, damit Nick nicht das Interesse verlor; gleichzeitig mußte ich aber sauber und aufmerksam, gut organisiert sein und mich ununterbrochen darum kümmern, daß meinem Baby nichts passierte. Mit ein bißchen gutem Willen mußte das doch möglich sein.

Und dann, kurz vor Mitternacht, sah ich zufällig aus dem Fenster zu den noch immer sieben Schwänen hinaus und sah die hübsche Frau des Feuerwehrmannes das Haus verlassen, an jeder Hand ein Kind und einen Rucksack über der Schulter.

Am nächsten Morgen, dem zweiten Weihnachtstag, strömten die Leute aus ihren Häusern am Wasser, um unsere Berühmtheit zu besichtigen: den einsamen Schwan. Kinder rollten ihre neuen Fahrräder den Uferweg entlang. Es gab Schneeballschlachten zwischen den Geschlechtern. Ein Schlitten tauchte auf, und die Pärchen zogen sich gegenseitig und lachten.

»Seht sie euch nur an – sie ist ganz verwirrt«, sagte die Schulleiterin. »Ihr ist das Herz gebrochen.«

»Kein Wunder! Die anderen hassen sie jetzt«, sagte

der Anästhesist. »Eine Alleinstehende ist immer eine Bedrohung für Paare.«

»Woher wissen Sie, daß es eine Sie ist?« wollte der Illustrator wissen, der mit einem Strauß Mistelzweige zu ihnen trat.

»Vielleicht hatte er Probleme damit, sich zu binden. Er dachte, er wollte was fürs Leben, aber dann hat er gemerkt: nein, doch nicht«, schlug Nick vor.

»Verständlich«, stimmte ich ihm zu und lächelte Nick aufgeregt an.

Kichernd und mit gespielter Schüchternheit gaben wir Anwohner uns gegenseitig spitzmündige Küsse unter dem Mistelzweig. Und nach dem Mittagessen kamen wir wieder zusammen. Wir konnten nicht stillsitzen. Wir bauten Herrn und Frau Schneemann mit Karottennasen und Rosinenlächeln – mit Lippen, die schon bald zu breiten, feuchten, weit aufgesperrten Mäulern zerschmolzen.

Am Abend des zweiten Weihnachtstages wurde die Braut im Haus ihres Vaters aufgespürt, wo sie schon bald von der Presse belagert wurde. Sie wurde in einem durchsichtigen schwarzen Morgenrock auf der Schwelle stehend gefilmt. Die Journalisten schleuderten ihr Fragen entgegen. Sie wollten wissen, was sie als nächstes tun würde. Die Braut lächelte. Sie legte den Kopf schräg, schlug die strahlendblauen Augen auf und stierte direkt in die Kamera. Sie machte einen Schmollmund und saugte das Blitzlicht in sich auf. Mit schwül-erotischer und schleppender Stimme sagte sie: »Ich werde in etwas nicht ganz so Bequemes schlüpfen – und dann gehe ich was trinken.«

Am nächsten Tag, dem 27. Dezember, waren wieder alle Anwohner draußen und tranken gleich aus der Flasche. Billy hüpfte und schrie und kugelte sich im Schnee. Nick und ich versuchten zu raten, welcher Schwan der Single war und welcher noch zu einem Paar gehörte. Welche Flügel waren indigniert am Körper festgepreßt und welche flatterten vielversprechend. Welcher Schwan sah erschöpft und griesgrämig aus, und welcher fröhlich und ungebunden.

Die Schuldirektorin brachte einen Grog nach draußen, der Geiger eine Tafel Schokolade. Man ließ übriggebliebene Knallbonbons platzen und trug Partyhütchen. Ich betrachtete zuversichtlich den Feuerwehrmann, und er betrachtete mich. Dachte er, was ich dachte? Daß die sieben Schwäne das beste Weihnachtsgeschenk waren, das wir je bekommen hatten?

In der Nacht gab es einen heftigen Temperatursturz.

Nick war aufgeregt. Lola war über Weihnachten zu ihrer Mutter gefahren, aber am 28. Dezember hatte sie angerufen, um zu sagen, sie langweile sich zu Tode und würde zurückkommen, um eine Party in ihrem Apartment zu schmeißen.

Es fing an, heftiger und dichter zu schneien.

Am folgenden Abend, als sich fünfzig Gäste in bester Feierlaune in Lolas winziger Luxusküche drängelten, brachte ich Billy wieder zu seiner Großmutter. Später sah ich, wie der Anästhesist die Mathematiklehrerin küßte. Die Computeranalystin und der PR-Mann stiegen gemeinsam in den Whirlpool. Von den Panoramablicken auf die Stadt konnte man nichts sehen, weil die Fenster komplett beschlagen waren vom vielen heißen Atem. Nach Mitternacht liefen der betrunkene Anästhesist und der Geiger die sechs Stockwerke über die Treppe hinunter und durch den weiß wirbelnden Schneesturm und sprangen in den eiskalten Kanal, um beängstigend lange nicht wieder aufzutauchen. Die anderen Gäste rannten hinterher, um zuzuschauen, wie die beiden prustend und lachend und niesend wieder herauskamen. Sieben mißbilligende Schnäbel standen ein wenig offen. Dann ertönte ein Schrei, und Lola sprang kreischend ins Wasser. Es gab Applaus, als sie spritzte und strampelte und in eiskaltem Triumph die Faust in die Höhe streckte. Dann hüpfte Lola triefend naß auf dem Uferweg herum, um sich zu wärmen, und wurde von Nick umarmt, auch um sie zu wärmen, und dann sprang sie wieder hinein, und wieder und wieder, und andere folgten ihr, einschließlich des kahlköpfigen Illustrators, der Schulleiterin und eines knochigen Hundes, und schrien aus voller Kehle.

An dem Abend brachte die Zeitung »Zehn Tips der Braut für das beste Silvester aller Zeiten«. Nummer sechs darunter war: »Küsse Fremde«, Nummer drei »Zieh wenig an« und Nummer eins »Bedauere nichts«.

Am Neujahrsabend fand ich bei der Rückkehr von einem Spaziergang mit meinem Sohn eine Nachricht auf meinem Telefon: »Warte nicht auf mich, Liebling. Ich muß spät arbeiten. Bin morgen früh zurück.« Zehn Minuten später kam noch eine, diesmal von Lola: »Verdammt, ich bin genauso überrascht wie du. Ich wollte nicht, daß es soweit kommt, ganz bestimmt nicht. Es ist seltsam, aber wir können nicht dagegen an.«

Ohne etwas zu sagen oder etwas anderes zu fühlen als eine enorme Erregung, brachte ich Billy wieder zu seiner Großmutter und ging nach oben, um mich umzuziehen.

Weil mir sowieso viel zu heiß war für die Jahreszeit, fiel es mir absolut nicht schwer, in diesem winzigen Glitzerkleidchen durch den Schnee zu stapfen. Ich überquerte schnellen Schrittes die Brücke und erblickte auch schon bald meinen Feuerwehrmann, der auf dem Gras im Garten lag. Wie ich da so hockte, ganz krank vor Möglichkeiten und schmerzhafter Sehnsucht, stellte ich mir vor, was für ein überraschendes, erregendes Gefühl es für einen Vogel sein mußte, wenn er zum erstenmal Anlauf nahm, die Flügel spreizte und flog.

Ich glaube, in der Ferne sah ich die Schulleiterin mit einem Fremden nach Hause kommen, den Geiger, der mit einer Magnum-Flasche Champagner das Haus verließ, und eine hübsche Frau, von der ich mir einbildete, sie sei die abtrünnige Braut, die da im weißen Hosenanzug daherkam, mit einem Gang, als balancierte sie eine Feder auf der Nasenspitze.

»Küß mich, du da«, zischelte ich durch den Zaun. »Wer immer du bist, küß mich.«

Mehr konnte ich nicht sagen, weil ich nicht einmal seinen Namen kannte – wir waren Fremde in einer großen Stadt –, aber es funktionierte, und der Mann, der da im Garten herumstreunte, hörte mich und kam schnüffelnd auf mein Locken zu wie ein läufiger Hund. Er spürte mich, bevor er mich sah, dann schaute er mich unverwandt an und entriegelte die Pforte.

Er kam durch Dunkelheit und Schnee dorthin, wo seine zischelnde, hitzig errötete, halbbekleidete, verheiratete Nachbarin im Neujahrsschnee hockte.

Eine solche Liebe trägt sich bestimmt jede Nacht in jeder Stadt des Landes zu, aber diese Begegnung im Mondschein zwischen mir und einem fremden Mann fühlte sich einmalig und romantisch an. Sie trug mich von einem Jahr ins andere und lebte in meinen Träumen weiter, bis ich eine sehr alte Frau war.

Wie ich am nächsten Tag zu meinem Mann sagte,

muß man vielleicht ab und zu seiner Lust freien Lauf lassen und sich dem stellen, was man fürchtet. Nick war anderer Meinung, er meinte, er hätte gelernt, daß Liebe in Wirklichkeit das ist, wie man mit dem lebt, was man hat. Ich bin mir immer noch nicht sicher, aber wenn ich in den darauffolgenden Wochen Lola sah, wie sie mich verschämt unter ihren Locken hervor musterte, oder sah, wie die Braut uns aus dem Fernseher anlachte, verstand ich, was vielleicht jeder Vogel weiß – manchmal probiert man im Leben die eine Art zu lieben und manchmal die andere.

DAVID HENRY WILSON

Der doppelte Weihnachtsmann

Jeremy James begegnete dem Weihnachtsmann zum erstenmal an einem Samstagmorgen in einem großen Geschäft. Er war ein bißchen erstaunt, ihn dort zu sehen, denn schließlich war es kurz vor Weihnachten, und Jeremy James meinte, der Weihnachtsmann sollte doch eigentlich irgendwo am Nordpol sein und Säcke mit Geschenken füllen und seine Rentiere füttern. Aber da war er nun, auf einem Podest in der Spielzeugabteilung, und verteilte kleine Päckchen an die Mädchen und Jungen, die zu ihm kamen.

»Hier, bitte, Jeremy James«, sagte Papa und gab ihm ein Pfund.

»Wofür ist das?« fragte Jeremy James.

»Für den Weihnachtsmann«, sagte Papa. »Du mußt bezahlen, wenn du zu ihm willst. Ich warte hier auf dich.«

Papa blieb stehen und schaukelte die Zwillinge in der Karre, während Jeremy James sich am Ende einer langen Schlange von wartenden Kindern aufstellte (Mama war damit beschäftigt, ihre Zeit in der Lebensmittelabteilung zu verschwenden). Jeremy James fand es ziemlich seltsam, daß man den Weihnachtsmann bezahlen mußte. Als wäre der Weihnachtsmann eine Tafel Schokolade oder ein Paket Lakritzbonbons.

»Müssen wir wirklich ein Pfund bezahlen, um zu ihm zu kommen?« fragte er einen großen Jungen vor sich.

»Klar«, sagte der große Junge. »Und dafür gibt er dir dann wahrscheinlich ein Plastikauto für zehn Pence.«

Jeremy James stellte sich auf die Zehenspitzen, um einen Blick auf den Weihnachtsmann zu erhaschen. Er konnte ihn gerade so eben sehen; er war in seinen roten Kapuzenmantel gehüllt und redete mit einem kleinen Mädchen mit Zöpfen. Er war es ganz eindeutig – der lange weiße Bart und die roten Bäckchen waren unverwechselbar. Eigentlich war es eine große Ehre, daß der Weihnachtsmann von allen Geschäften auf der Welt ausgerechnet in dieses kam, und vielleicht brauchte er ja das eine Pfund, um die lange Reise zu bezahlen. Jeremy James sah zu seinem Papa hinüber, und sie winkten sich fröhlich zu.

Je näher Jeremy James an den Weihnachtsmann herankam, um so aufgeregter wurde er. Der Weihnachtsmann schien wirklich nett zu sein. Er unterhielt sich mit jedem Kind, bevor er ihm sein Geschenk gab, und dann tätschelte er ihm den Kopf und ließ manchmal auch ein gemütliches Lachen hören, nur einmal wirkte er ganz unweihnachtsmannartig. Als nämlich ein großer, grober Junge sich vor ihm aufbaute und sagte, er hätte kein Pfund, aber er wolle trotzdem ein Geschenk. Da machte der Weihnachtsmann ein sehr ernstes Gesicht, und Jeremy James hörte genau, wie er den kleinen Jungen fragte, ob er eine gewischt haben wollte, was ja schon ein ziemlich komisches Geschenk gewesen wäre. Der Junge zog schmollend ab, und als er in sicherer Entfernung war, streckte er dem Weihnachtsmann die Zunge raus. Aber da war schon das nächste Kind auf dem Podest, und als die Hand sich nach dem Pfundstück ausstreckte, war auch das gemütliche Lächeln wieder da.

Jemery James stellte mit einem leisen Anflug von Enttäuschung fest, daß die Geschenke wirklich ziemlich klein waren, aber wo der Weihnachtsmann ja so viele mitbringen mußte, hatte er vielleicht einfach nicht genug Platz für größere gehabt. Es war trotzdem noch sehr aufregend, wenn man die verschiedenen Formen und Verpackungen sah und zu raten versuchte, was wohl drin war. Und als Jeremy James dem großen Mann schließlich Auge in Auge gegenüberstand, hatte er glänzende Augen, und sein Herz machte einen aufgeregten Hüpfer.

»Na, wie heißt du denn?« fragte der Weihnachtsmann mit erstaunlich jugendlicher Stimme.

»Jeremy James«, sagte Jeremy James.

»Und hast du auch ein Pfund für den Weihnachtsmann?«

»Ja«, sagte Jeremy James und streckte sie ihm hin.

Da lächelte der Weihnachtsmann freundlich, und

seine blauen Augen zwinkerten unter den buschigen Augenbrauen hervor, und Jeremy James konnte seine strahlendweißen Zähne zwischen seinem buschigen weißen Schnurrbart und dem buschigen weißen Wallebart sehen. Dieses ganze weiße Gestrüpp sah bemerkenswert nach Watte aus, und das Rote auf den Bäckchen sah bemerkenswert wie rote Farbe aus, und das alles gab Jeremy James das Gefühl, daß der Weihnachtsmann wirklich ganz anders war als alle anderen, die er kannte.

»Ist das für deine Rentiere?« fragte Jeremy James.

»Was?« fragte der Weihnachtsmann.

»Das eine Pfund«, sagte Jeremy James.

»Ach so«, sagte der Weihnachtsmann, »äh, na ja ... das könnte man so sagen, gewissermaßen. Also, Jeremy James: Was wünschst du dir denn zu Weihnachten?«

»Oh, ich hätte gern ein Dreirad, mit Klingel *und* Satteltasche. Mannomann, krieg ich das etwa von dir?«

»Äh, nein, nicht genau«, sagte der Weihnachtsmann. »Jedenfalls nicht jetzt gleich. Nicht für ein Pfund, Kleiner. Aber hier hast du was, bis es soweit ist.« Und damit gab ihm der Weihnachtsmann ein kleines längliches, in weihnachtsmannmäßiges Papier eingeschlagenes Päckchen.

»Danke«, sagte Jeremy James. »Und du lebst wirklich am Nordpol?«

»Manchmal fühlt es sich so an«, sagte der Weihnachtsmann. »Mein Vermieter dreht die Heizung im Schlafzimmer nicht an. Jetzt ab mit dir. Der nächste!«

Jeremy James trug sein kleines Päckchen dorthin, wo Mama inzwischen mit Papa und den Zwillingen stand und auf ihn wartete.

»Dann mach's mal auf«, sagte Papa.

Jeremy James machte es auf. Es war eine kleine Schachtel. Und in der kleinen Schachtel lag ein Plastikauto.

»Mindestens fünf Pence wert«, sagte Papa.

»Zehn«, sagte Jeremy James.

Jeremy James' zweite Begegnung mit dem Weihnachtsmann kam eine Woche und einen Tag später. Es war beim Kinderfest im Gemeindesaal. Zu Anfang hinkte Reverend Cole aufs Podium und sagte wiederholt mit seiner zitterigen Stimme, er hoffe, daß sich alle gut amüsieren würden, und am Ende der Veranstaltung würde der Weihnachtsmann kommen und Geschenke verteilen. Bis dahin gäbe es Spiele und Essen und Trinken und noch mehr Spiele. Sobald die ersten Spiele im Gange waren, hinkte der Reverend aus dem Saal, und niemand merkte, daß er überhaupt fort war. Die Spiele waren sehr laut, und man mußte viel herumrennen, und da Jeremy James im Lautsein und Herumrennen extrem gut war, amüsierte er sich prächtig.

Als nächstes kam das mit dem Essen und Trinken, und es zeigte sich, daß Jeremy James im Essen und

Trinken ebenso gut war wie im Lautsein und Herumrennen. Doch dann stoppte ihn Mama, die zu den Helferinnen gehörte (Papa hatte sie zu Hause gelassen, um auf die Zwillinge und den Fernseher aufzupassen), als er eben im Begriff war, den Weltrekord im Wer-kann-die-meisten-Weihnachtstörtchen-auf-einmal-Essen einzustellen. Als schließlich auf keinem Tisch mehr ein Krümelchen übrig war, räumten die Helferinnen die leeren Pappteller und leeren Pappbecher ab und fegten den nicht ganz so leeren Parkettboden sauber. Nach einigen weiteren Spielen voller Geschrei und Gequieke und Geschubse und Gedrängel hatten sämtliche Kinder den Weihnachtsmann vollkommen vergessen. Der Weihnachtsmann sie aber nicht. Schlag sechs Uhr forderte einer der Erwachsenen alle auf, jetzt ganz leise zu sein und still zu stehen, und um zehn nach sechs, als alle leise waren und still standen, öffnete sich die Tür zum Saal, und der Weihnachtsmann kam herein.

Das erste, was Jeremy James am Weihnachtsmann auffiel, war sein langsamer Gang. Als wenn sein Körper sehr schwer wäre und seine Beine sehr schwach. Er trug denselben roten Mantel mit Kapuze wie beim letztenmal, und er hatte einen weißen Bart und Schnurrbart, aber ... irgendwie waren sie nicht so buschig. Seine Bäckchen waren schön rot, aber ... er trug eine Brille. Und als er den Kindern zurief: »Fröhliche Weihnachten allerseits, und ich hoffe, ihr amüsiert euch gut!«, da klang seine Stimme zittrig und hohl.

Jeremy James runzelte die Stirn, als der Weihnachtsmann sich und seinen Sack auf das Podium wuchtete. Mit dem stimmte eindeutig irgend etwas nicht. Die anderen Kinder schienen nichts zu bemerken und waren alle ganz aufgeregt, als die Helferinnen sie nun alle in einer Reihe aufstellten, aber vielleicht hatten die anderen den Weihnachtsmann vorher noch nie gesehen, woher sollten sie es also wissen?

Jeremy James wartete geduldig, bis er an die Reihe kam, und als es soweit war, stieg er zuversichtlich aufs Podium.

»Also ... äh ... wie heißt du denn?« fragte der Weihnachtsmann und schaute auf Jeremy James hinunter.

»Daran müßtest du dich eigentlich erinnern«, sagte Jeremy James. »Ich hab es dir doch erst vor einer Woche gesagt.«

»Liebe Güte«, sagte der Weihnachtsmann. »Ich habe wirklich ein schreckliches Gedächtnis.«

»Und vor einer Woche«, sagte Jeremy James, »hattest du keine Brille, und deine Stimme war auch nicht so zitterig wie jetzt.«

»Oh«, sagte der Weihnachtsmann, »war sie das nicht ... äh ... tatsächlich?«

Jeremy James sah dem Weihnachtsmann sehr eindringlich ins Gesicht, und der Weihnachtsmann erwiderte seinen Blick mit einem ziemlich verwirrten Ausdruck in seinen ... braunen Augen.

»Der Weihnachtsmann hat blaue Augen!« sagte Jeremy James.

»Oh!« sagte der Weihnachtsmann und ließ überrascht den Mund offenstehen.

»Und er hat auch weiße Zähne!« sagte Jeremy James.

»Hm!« sagte der Weihnachtsmann und machte den Mund vor Schreck schnell wieder zu.

»Du bist gar nicht der Weihnachtsmann«, rief Jeremy James. »Du bist es nicht!«

Und damit drehte Jeremy James sich zu den versammelten Kindern und Erwachsenen um und verkündete, so laut er konnte:

»Er ist ein Betrüger! Das ist gar nicht der Weihnachtsmann!«

Der Weihnachtsmann erhob sich unsicher auf die Füße, und während er das tat, fiel ihm die Kapuze herunter und enthüllte eine schimmernde Glatze. Der Weihnachtsmann hob hastig die Hand, um die Kapuze wieder hochzuziehen, aber er blieb dabei in seinem Bart hängen und zog ihn zur Seite weg, und als er nun versuchte, den Bart zu retten, kam er an seinen Schnurrbart, und der fiel gleich ganz ab, und zum Vorschein kam das Gesicht von ... Reverend Cole.

»Da seht ihr's!« sagte Jeremy James. »Das ist der Beweis!«

Ein oder zwei Kinder fingen an zu weinen, aber dann sprang ein Mann, der die Spiele mitorganisiert hatte, auf das Podium und erklärte, daß der echte Weihnachtsmann soviel mit den Vorbereitungen für Weihnachten zu tun hätte, und deshalb hätte Reverend Cole ihn vertreten müssen. Sie hätten die Kinder nicht enttäuschen wollen. Und es sei eben Pech, daß auch so ein schlauer kleiner Junge auf dem Fest war, aber man müsse dem schlauen kleinen Jungen trotzdem gratulieren, weil er so schlau war, und ob sie nicht einfach weiter so tun könnten, als ob Reverend Cole der echte Weihnachtsmann wäre, und der schlaue kleine Junge solle gleich zwei Geschenke bekommen, als Belohnung dafür, daß er so schlau war.

Dann setzte Reverend Cole Bart und Schnurrbart und Kapuze wieder auf, und alle klatschten sehr laut, als Jeremy James sich seine zwei Geschenke abholte. Und es waren noch dazu große Geschenke – ein Buch mit Geschichten aus der Bibel und ein Mal-Set mit Farben und Pinseln. So kam es, daß Jeremy James auf dem Heimweg zu Mama sagte:

»Komisch, der echte Weihnachtsmann hat mir nur ein altes blödes Auto gegeben für mein eines Pfundstück, aber Mr. Cole hat mir diese großen Geschenke gegeben. Ganz umsonst.«

Aber da der Weihnachtsmann ein Erwachsener war und Reverend Cole auch, wußte Jeremy James, daß er gar nicht erst zu versuchen brauchte, das Ganze zu verstehen. Erwachsene machen ja immer alles anders, als man es von ihnen erwartet.

PATRICIA MOYES

Ein Weihnachtsfest in der Familie

*N*un singet und seid froh – o – o,
jauchzt alle und sagt so – o – o ...

Die jungen Stimmen klangen holprig und ein wenig schräg, aber Mrs. Runfold fand sie trotz alledem rührend. Sie legte ihre Petit-point-Stickerei beiseite und sagte: »Die armen Kleinen. Sie müssen ja da draußen vergehen vor Kälte, so spät am Abend. Ich werde nach Parker läuten und ihm sagen, daß er ihnen fünf Pfund und etwas heiße Suppe geben soll.«

»Du wirst nichts dergleichen tun«, erwiderte ihr Mann. Er raschelte ärgerlich mit seiner Zeitung. »Die sind eine verdammte Belästigung, sonst nichts, und dabei ist es noch nicht einmal Heiligabend.« Er erhob sich aus seinem Sessel am Feuer und drückte auf die Klingel, woraufhin, noch bevor das Weihnachtslied verklungen war, ein überaus korrekter und gemessener Butler erschien.

»Sie haben geläutet, Sir?«

»Ja, Parker, in der Tat. Geben Sie diesen verflixten Kindern 50 Pence, und sagen Sie ihnen, sie sollen verschwinden und nicht wiederkommen.«

»Sehr wohl, Sir.«

Parker deutete eine Verbeugung an und zog sich zurück. Die Stimmen verebbten, als sich die große Vordertür schloß. Mary Runfold seufzte und nahm ihre Stickerei wieder auf. Sie hatte in den dreißig Jahren ihrer Ehe gelernt, ihrem Mann nicht zu widersprechen. Statt dessen wechselte sie das Thema.

»Was für ein schöner Gedanke«, sagte sie, während ihre Nadel zielstrebig das Leinen durchstach, hinein und wieder raus, »daß Weihnachten die ganze Familie zu Hause sein wird.«

»Findest du?«

»Aber natürlich. Es wird nett sein, die Mädchen und ihre Männer zu sehen.«

»Dir ist doch aber klar, Mary, daß mich die beiden jungen Männer bereitwillig umbrächten, wenn sie damit davonkommen könnten?«

Die Nadel blieb mitten in der Luft stehen. »Robert! Wie kannst du nur so etwas Schreckliches sagen! Wie kannst du so etwas auch nur denk...?«

»Sei nicht albern, Mary. Du weißt, daß ich recht habe.«

Mrs. Runfold sagte zaghaft: »Nun ja, Lieber, wenn du ihnen vielleicht ein wenig Geld vorstrecken...«

»Du solltest mittlerweile wissen, daß ich es prinzipiell für falsch halte, jungen Leuten Geld zu geben. Sie sollen auf eigenen Füßen stehen.«

»Ja, Lieber.« Die Nadel nahm ihre Tätigkeit wieder auf.

Wie zur Verteidigung fügte Robert Runfold hinzu: »Sie haben beide eine kostspielige Ausbildung genossen und sollten in der Lage sein, für sich und ihre Frauen zu sorgen. Wenn Derek sich also eine eigene Apotheke kaufen will, damit Anne ihren Job aufgeben und die beiden eine Familie gründen können, bitte schön. Soll er das tun. Unbedingt. Mich geht das nichts an.«

»Aber ...«

»Und was Philip betrifft, so ist es eine einzige Schande, wie er so viele Schulden anhäufen konnte. Kleintierchirurgen werden heutzutage sehr gut bezahlt.«

»Er hat die Tiere von Leuten, die sich seine Honorare nicht leisten konnten, umsonst behandelt, Robert.«

»Wenn er so blöd ist. Alison hätte ihn daran hindern sollen – ein bißchen gesunden Menschenverstand an den Tag legen.«

Es trat Stille ein. Die Standuhr im großen Wohnzimmer schlug neun, und ein glühendes Holzscheit sackte gemächlich in den Auffangkorb hinunter.

»Dabei fällt mir ein, Mary«, sagte Runfold. »Das wollte ich dir schon lange sagen. Ich möchte, daß du persönlich alles überwachst, was ich zu Weihnachten esse und trinke.«

»Selbstverständlich, Lieber, ich spreche immer alle Mahlzeiten mit Mrs. Benson durch ...«

»Das meine ich nicht. Derek und Philip haben beide Zugang zu verbotenen Drogen. Und sie wissen auch beide von meinem Herzleiden. Einer von ihnen könnte mir ohne weiteres heimlich etwas ins Essen tun – oder in mein Glas.«

Mary Runfold lachte nervös auf. »Jetzt komm schon, Robert. Du kannst doch nicht ernsthaft annehmen, daß einer von den beiden so etwas tun würde.«

»Ich gehe lieber kein Risiko ein.«

Mrs. Runfold sagte sanft: »Wenn du so mißtrauisch bist, warum lädst du sie dann zu Weihnachten ein?«

Runfold grunzte. »Ich will die Mädchen sehen. Und ich weiß doch, wie sehr du dich über ein Weihnachten in Familie freust.«

»Danke, Lieber.« Die Stimme seiner Frau war ohne jede Ironie. »Das war sehr aufmerksam von dir.«

»Jedenfalls«, fuhr Robert fort, »bitte ich dich, alles, was ich esse und trinke, persönlich aufzutragen. Und sag Mrs. Benson, daß niemand außer dir über die Feiertage die Küche betreten darf – niemand von unseren Gästen, meine ich.«

»Natürlich, Robert, wenn du es wünschst.«

»Danke, Mary.« Robert Runfold lächelte seiner Frau über die Zeitung hinweg zu – mit diesem warmen, wunderbaren Lächeln, das so viele Jahre zuvor ihr Herz erobert hatte. Sie seufzte leise, in dem Wissen, daß sie ihn immer lieben und ehren und ihm gehorchen würde, auch wenn er vielleicht nicht perfekt war. Charme ist bei einem Mann genauso wirkungsvoll wie bei einer Frau.

Aber dann mußte er natürlich gleich alles wieder kaputtmachen. Er sagte: »Ich mache mir in letzter Zeit Sorgen, Mary. Über dich.«

»Mich?«

»Nun, ich weiß, wie weichherzig du bist. Einer von den beiden Halunken könnte dich womöglich überreden, dich von meinem Geld zu trennen, wenn ich erst mal tot bin und du es geerbt hast.«

»Mein Lieber, ich versichere dir ...«

»Und deshalb, ich kann es dir ja ebensogut sagen, habe ich mein Testament geändert. Du wirst eine angemessene Summe zum Leben haben, Liebes, also mach dir keine Sorgen. Aber das Kapital kann nicht angetastet werden, bis unsere Jüngste vierzig wird.« Runfold setzte sich mit einem zufriedenen Grunzen in seinem Sessel zurück. »Ja, sie werden warten müssen, bis sie vierzig sind, oder bis wir alle beide tot sind. Darum kann ich dir so gut vertrauen, Mary.«

»Hättest du mir nicht auch so vertrauen können, Robert?«

Robert lachte. »Oh, ich weiß, daß du mich nicht umbringen würdest. Das wäre nicht in deinem Interesse. Es war nur der Gedanke, daß du über all das viele Geld verfügen könntest, ohne mich an deiner Seite, um dich zu beraten ...«

»Ich bin sicher, du hast das Richtige getan, mein Lieber.«

Die Mädchen und ihre Männer trafen am nächsten Tag ein, dem 24. Dezember. Man bereitete alles für ein fröhliches Familienweihnachten. Alle rührten abwechselnd den Teig für den Plumpudding um – dagegen konnte Robert nichts einwenden, denn die Mischung war schon Monate zuvor von Mrs. Benson vorbereitet worden. Nur Mary gab dabei noch die kleinen silbernen, in Butterbrotpapier gewickelten Talismane hinein – den Jungfernfingerhut, den Hagestolzknopf, den Wunschknochen, das Weihnachtsglöckchen und die beiden schon von vielen vorangegangenen Weihnachtsfesten sorgsam gehüteten Silbermünzen zu drei und sechs Pence.

Nach dem Essen am Heiligabend erwischte Anne Walters, geborene Runfold, ihren Vater allein in der Bibliothek und versuchte, ein Wort für sich und ihren Mann einzulegen.

»Sieh mal, Daddy, Derek könnte richtig viel Geld verdienen, wenn er seine eigene Apotheke hätte. Jetzt arbeitet er für ein jämmerliches Gehalt, und ich kann meinen Job nicht aufgeben und ... du hättest doch gerne Enkelkinder, oder?« schloß Anne und legte ihrem Vater verschwörerisch den Arm um die Schultern.

Robert schüttelte ihn ab. »Ob ihr Babys bekommt oder nicht, hat nichts mit mir zu tun, Anne. Du und Derek seid erwachsene Menschen und müßt eure eigenen Entscheidungen treffen.«

»Aber Entscheidungen hängen oft vom Geld ab, Daddy.«

»Meine nicht«, sagte Runfold. Er klappte mit einem lauten Geräusch sein Buch zu. »Wenn du dich über Babys unterhalten willst, geh zu deiner Mutter und sprich mit ihr.«

Anne sagte nachdenklich: »Vielleicht werde ich das.«

Etwas später betrat Alison Watts, geborene Runfold, die Bibliothek. Sie hatte offensichtlich geweint.

»Was ist denn los, Ally?« Robert hatte seine jüngere Tochter immer gern gemocht, und abgesehen davon sollten die Leute Weihnachten nicht mit ihren Gefühlsausbrüchen verderben.

»Ach, Daddy, es ist wegen Philip. Ich bin ja so furchtbar unglücklich!«

»Dann verlaß ihn«, sagte Runfold rundheraus.

»Nein, Daddy – du verstehst nicht. Ich liebe Philip, und ich werde alles mit ihm aushalten … absolut alles. Aber wenn er seine Schulden nicht bezahlen kann, muß er Bankrott anmelden, und dann ist es vorbei mit seiner Karriere! Und dabei ist es nicht sein Fehler – er war zu großzügig …«

»Ein Fehler, den ich nicht zu begehen gedenke«, bemerkte ihr Vater. »Es nützt gar nichts, hierher zu kommen und herumzuwinseln. Du und Philip habt euch selber in diese Lage gebracht, also seht zu, wie ihr wieder herauskommt.«

»Aber wie?«

»Eine Bankrotterklärung ist nicht das Ende der Welt. Es sind schon viele da wieder herausgekommen und später erfolgreich gewesen im Leben. Vielleicht hilft es deinem unfähigen Mann ja sogar auf die Füße.«

Immer noch in Tränen machte Alison sich auf die Suche nach ihrer Mutter. Sie fand sie mit Anne im Wohnzimmer. Derek und Philip hatte man auf einen ausgedehnten Spaziergang über Land geschickt, damit sie aus dem Weg waren.

Anne brauchte ihrer Schwester nur ins Gesicht zu schauen. »Kein Glück gehabt?« fragte sie.

Alison schüttelte stumm den Kopf. Mrs. Runfold sagte: »Es tut mir leid, Schatz. Ich dachte, dein Vater würde wenigstens helfen, wenn es zum Bankrott kommt – aber du weißt ja, wie er ist.«

Alison putzte sich die Nase, hörte auf zu weinen und sagte: »Ich wünschte, er wäre tot. Allen Ernstes.«

»So etwas darfst du nicht sagen, Alison. Er ist euch beiden ein wunderbarer Vater gewesen.«

»Er war nichts dergleichen!« ging Anne, die Ältere, ungestüm dazwischen. »Ally hat vollkommen recht. Wenn er nur tot umfallen würde. Dann hättest du sein Geld, und du würdest es uns geben!«

Mrs. Runfold schüttelte traurig den Kopf. »Ich fürchte, er hat auch daran gedacht. Ihr wißt ja, daß er Probleme mit dem Herzen hat. Er wird nicht ewig leben. Also hat er ein neues Testament aufgesetzt, in dem er mir ein Einkommen garantiert und den ganzen Rest mündelsicher für euch Mädchen festlegt, bis Ally vierzig ist.«

»Vierzig!« Anne war schockiert. »Das heißt, ich bin

dann zweiundvierzig! Das ist boshaft. Kannst du nicht an das Treuhandvermögen heran, Mummy?«

»Das bezweifle ich sehr. Ihr wißt ja, wie gründlich euer Vater ist. Wie auch immer, sprecht bitte nicht von ihm, als wäre er schon tot. Mit Gottes Hilfe wird er noch viele Jahre leben.«

»Na, dann wird das ja ein richtig fröhliches Weihnachtsfest, was?« Alison war verbittert. »Und wir haben doch tatsächlich geglaubt, er hätte seine Meinung geändert, als er uns alle zu einem gemeinsamen Weihnachtsfest einlud.«

»Er ändert niemals seine Meinung«, sagte Mary Runfold ruhig. »Das ist einer der Gründe, warum er so reich ist.«

Später am Abend ging Anne in die Küche. Sie und die Köchin waren alte Freundinnen.

»Hallo, Bensy«, sagte sie.

»Ach, guten Abend, Miss Anne! Fröhliche Weihnachten! Wie gesund und hübsch Sie aussehen! Ist ja auch kein Wunder, wo sich so ein schöner Mann um Sie kümmert.« Die korpulente und stets gut gelaunte Mrs. Benson machte sich wieder daran, ihren Teig auszurollen.

»Danke, Bensy. Ja, ich bin sehr glücklich.« Kleine Pause. »Was machen Sie da?«

»Den Teig für die Apfelpie heute abend, Liebes. Das Lieblingsgericht von Ihrem Vater.«

»Kann ich helfen?«

»Ach du meine Güte!« Mrs. Benson sah aufgeschreckt und mit rotem Gesicht hoch. »Das hatte ich ja ganz vergessen! Ihre Mutter hat gesagt, daß niemand von euch jungen Leuten in die Küche darf. Gehen Sie jetzt besser, sonst bekomme ich noch Ärger.«

»Nicht in die Küche?« Anne war erstaunt. »Warum denn nicht?«

»Fragen Sie nicht mich, Miss Anne. Ich denke, Ihre Mutter möchte, daß alles für Sie eine Überraschung ist. Wie auch immer, raus mit Ihnen. Und sagen Sie es auch Miss Ally, ja? Und Ihren beiden jungen Männern – Ehemännern sollte ich wohl besser sagen. Irgendwie kann ich mich immer noch nicht an den Gedanken gewöhnen, daß Sie beide schon erwachsene Damen und auch noch verheiratet sind. Es kommt mir vor wie gestern, daß …« Mrs. Benson wischte sich mit dem Saum ihrer Schürze eine Träne aus dem Auge. »Na ja, also, jetzt lieber husch, husch.«

Anne ging, alles andere als erfreut.

An diesem Abend war das Essen eine trübselige Angelegenheit, auch wenn Robert Runfold nicht den Anschein machte, als würde er irgend etwas bemerken. Er kaute mit Genuß seine Apfelpie und erfreute seine Lieben mit immer neuen Geschichten über seine ersten Kämpfe in der Geschäftswelt und wie er sich selbst nach oben gearbeitet hatte, ohne Hilfe von irgend jemandem. Das alles wurde mit dumpfem Schweigen aufgenommen, unterbrochen nur von Mrs. Runfolds Aufforderungen an alle Anwesenden, doch bitte noch nachzunehmen. Nach dem Essen standen wieder Weihnachtssänger vor der Tür, was Robert in beträchtlich schlechte Laune versetzte. Parker wurde hinausgeschickt, um sie fortzuscheuchen, und schon bald darauf gingen die Familienmitglieder mißmutig in ihre jeweiligen Betten.

Mißmutig zumindest bis auf Runfold selbst, der frohgemut zu seiner Frau bemerkte: »Na, ich denke, sie haben die Botschaft verstanden, was, Mary? Es geht doch nichts über Standhaftigkeit und daß man sich klar ausdrückt.« Irgend etwas in Marys Gesicht mußte ihm wohl aufgefallen sein, denn er tätschelte ihr die Hand und bedachte sie mit seinem Charmeurslächeln. »Komm, mein Liebes, mach dir keine Sorgen. Sie sind jung und werden sich schon aus diesen kleinen Unannehmlichkeiten befreien. Es wird ihnen guttun. Wirst schon sehen.«

Am Weihnachtsmorgen ging die ganze Familie zum Morgengottesdienst in die Dorfkirche. Der Vikar, der Arzt und andere Würdenträger dachten bei sich, wie schön es doch sei, heutzutage noch eine geeinte Familie beim gemeinsamen Gebet zu sehen. Und wirklich schienen die jungen Leute durchaus fröhlich zu sein – oder zumindest gaben sie sich alle Mühe, so zu wirken. Der Vikar hielt eine kurze, tiefempfundene Rede über die Bedeutung des Christfestes und wie dieses Fest Familien zusammenführe und ganz allgemein den guten Willen befördere. Dann strömte die Gemeinde in die frostige Winterluft hinaus. Die ersten vereinzelten Schneeflocken begannen zu fallen, und von überallher hörte man den Satz: »Nun gibt es doch noch weiße Weihnachten.« Dann beeilten sich alle, zu ihren Autos und heim zu Putenbraten und Plumpudding zu kommen, die schon den ganzen Morgen köchelten.

Das Weihnachtsessen bei den Runfolds verlief so gut, wie man es unter den gegebenen Umständen erwarten konnte. Mrs. Benson hatte sich selbst übertroffen. Die Pute war saftig, die Brotsauce cremig und mit genau dem richtigen Hauch von Zwiebeln und Muskat; Preiselbeeren und Füllung lieferten einen köstlichen Kontrast zum herzhaften Geschmack. Dennoch war der Hauptgang nicht so schwer, daß niemand mehr Appetit gehabt hätte, als der Weihnachtspudding von Parker hereingetragen wurde, mit Brandy flambiert und von einer vollmundig alkoholischen Sauce begleitet.

Mary Runfold legte eigenhändig vor und sorgte dabei dafür, daß auch jeder Esser einen der eingewickelten Talismane bekam. Derek hatte das Sechs-Pence-Stück und Philip den Dreier, was Robert zu der Bemerkung veranlaßte, das sei ja ein gutes Omen für ihre zukünftigen Finanzen. Alison zog den Wunschknochen und Anne das Weihnachtsglöckchen, und es gab viel Gelächter, als Mary und Robert jeweils den Jungfernfingerhut und den Hagestolzknopf in ihrer Portion fanden.

Als das Mahl vorüber war, war man sich allgemein einig, eine kurze Siesta würde sie alle so weit wiederherstellen, daß sie Mrs. Bensons großzügig mit Zukkerguß überzogenen Weihnachtskuchen in Angriff nehmen könnten. Nur Mary Runfold beschloß, in die Küche zu gehen und mit Mrs. Benson das kalte Abendessen zu besprechen, das serviert werden sollte, bevor die Kinder wieder nach Hause fuhren.

So kam es, daß sie erst gegen halb vier nach oben ging und ihren Mann zusammengesunken auf dem großen Doppelbett fand, nicht etwa schlafend, sondern tot.

Dr. Carlton kam binnen weniger Minuten nach Mrs. Runfolds Telefonanruf. Er hatte Robert Runfold seit mehreren Jahren behandelt und wußte nur zu gut über den labilen Zustand seines Herzens Bescheid.

»Aber warum? Warum, Dr. Carlton? Warum sollte er jetzt sterben – was ist passiert?« Mary Runfold war äußerlich gefaßt, stand aber ganz offenkundig kurz vor dem Zusammenbruch.

Dr. Carlton, der gerade den Totenschein ausstellte, sah auf. »Wer weiß, Mrs. Runfold? Vielleicht wissen Sie das besser als ich. Bei seiner Verfassung kann Herzversagen durch erhöhten Blutdruck hervorgerufen werden. Hat er sich in letzter Zeit geärgert oder über etwas aufgeregt? Hat er zuviel gegessen – zuviel fettes Essen?«

»Wahrscheinlich schon«, gab Mary zu. »Wo doch Weihnachten ist – und wir haben die Mädchen und ihre Männer hier und ... na ja, er hat sich tatsächlich

Sorgen gemacht. Familienangelegenheiten, Sie verstehen.«

»Nun denn, mein herzliches Beileid, Mrs. Runfold.« Der Doktor unterschrieb den Schein und reichte ihr einen Durchschlag. »Bitte sehr. Damit kann das Bestattungsunternehmen die Beerdigung ohne weitere Umstände in die Wege leiten.« Er räusperte sich. »Ich bin froh, daß Sie Ihre Familie um sich haben, Mrs. Runfold. Sie werden Ihnen ein größerer Trost sein können als irgend jemand sonst.«

Mrs. Runfold sagte zögernd: »Sie denken also nicht, ich meine, daß ihm vielleicht jemand etwas verabreicht hat ... ins Essen, meine ich, oder in sein Glas – etwas, das den Anfall ausgelöst haben könn...«

Der Arzt lächelte traurig. »Was für ein seltsamer Gedanke, Mrs. Runfold. Theoretisch könnte das natürlich jemand getan haben. Aber es war doch niemand da außer der Familie, oder?«

»Was denn zum Beispiel?« beharrte Mrs. Runfold.

»Oh, da gibt es verschiedene Substanzen ... eine Überdosis Digitalis zum Beispiel.«

Mrs. Runfold war sehr blaß geworden. »Digitalis? Ich dachte, das wäre ein *Heilmittel* bei Herzkrankheiten?«

»In der richtigen Dosierung schon, da kann es helfen. Aber bei einer Überdosis, und wenn dann auch noch der Blutdruck steigt – aber so etwas Grauenvolles wollen wir doch gar nicht denken. Ihr Mann ist an Herzversagen gestorben, und damit war schon seit langem zu rechnen. Alles andere müssen Sie sich aus dem Kopf schlagen.«

»Ja, Doktor.«

Derek, der Apotheker, kümmerte sich geschickt und wie selbstverständlich um alles Organisatorische. Der Bestattungsunternehmer traf ein, geschäftsmäßig gedämpft und ungerührt, und überführte Roberts Leiche in die Totenkapelle des Instituts. Marys Töchter und ihre Männer beschlossen einhellig, bis nach der Beerdigung im Haus zu bleiben. Derek hatte sich in der Pharmazie, für die er arbeitete, eine Woche frei genommen, und Philip hatte seine Tierarztpraxis einem jungen Stellvertreter überlassen, der noch nichts davon ahnte, daß er wahrscheinlich nie bezahlt werden würde.

Am nächsten Morgen versammelte Mary Runfold ihre Familie im Wohnzimmer. Sie war sehr gefaßt.

»Es gibt etwas, worüber ich mit euch vieren sprechen muß, und ich möchte ehrliche Antworten.«

Alle sahen sie überrascht und schweigend an. Sie fuhr fort: »Hat irgendeiner von euch gestern an etwas herummanipuliert, das Robert gegessen oder getrunken hat?«

Ein empörter Chor von Verneinungen war die Antwort. Mary läutete, und als Parker erschien, sagte sie: »Ach Parker, würden Sie Mrs. Benson bitten, zu uns zu kommen?«

Parker zog fast unmerklich die Augenbrauen hoch, aber er sagte nur: »Sehr wohl, Madam.«

Als sich die Tür hinter ihm geschlossen hatte, brach ein Sturm von Stimmen los.

»Was in aller Welt soll das, Mutter?« Das kam von Anne.

»Also, Schwiegermutter, ich versichere dir ...«

»Nur weil ich gestern gesagt habe ... Natürlich habe ich das nicht so gemeint ...«

»Für wie idiotisch hältst du uns eigentlich?« Philip klang sehr erbost. »Glaubst du, Ally und ich würden ihren Vater ermorden, nur um ...«

Plötzlich wurde es still. Mrs. Benson war hereingekommen. Sie hatte rotgeweinte Augen, war aber gefaßt.

»Sie wollten mich sprechen, Madam?«

»Ja, Mrs. Benson. Erinnern Sie sich, daß ich angeordnet hatte, es dürfe niemand außer mir die Küche betreten?«

»Ja, Madam.«

»Und? Ist jemand gekommen? Oder hat es jemand versucht?«

Mrs. Benson wurde dunkelrot. »Ich möchte eigentlich nicht ...«

»Was Sie möchten oder nicht, tut hier nichts zur Sache, Mrs. Benson. Bitte beantworten Sie meine Frage.«

»Nun ja, Madam, Miss Anne ... Verzeihung, Mrs. Watts ... sie kam einmal herein, als ich gerade den Teig für die Apfelpie machte, um mir fröhliche Weihnachten zu wünschen. Aber ich schickte sie wieder hinaus, wegen dem, was Sie gesagt haben, Madam.«

»Sagte sie sonst noch etwas außer ›Fröhliche Weihnachten‹?«

Mrs. Benson wurde noch roter und schniefte.

»Sie fragte, ob sie mir mit der Apfelpie helfen könnte. Miss Anne war schon immer so ...«

»Danke, Mrs. Benson.« Marys Stimme war eisig. »Sonst noch jemand?«

»Nein, Madam.«

»Danke, Mrs. Benson. Sie dürfen jetzt gehen.«

Noch bevor sich die Tür hinter der Köchin geschlossen hatte, platzte Anne heraus: »Willst du mich etwa beschuldigen, daß ich ...«

»Ich beschuldige niemanden.« Mary klang plötzlich sehr müde. »Wie könnte ich? Obwohl ich überzeugt bin, daß Robert keines natürlichen Todes gestorben ist.«

»Verzeih, Schwiegermutter«, sagte Derek. »Du beschuldigst uns alle sehr deutlich. Und es ist einfach lächerlich. Wie du uns selber gesagt hast, würden wir nach dem neuen Testament kein Geld bekommen, bis ...«

Mary Runfold sah ihn unverwandt an. »Das wußtet ihr aber nicht, als ihr herkamt, oder?«

»Nun, nein. Aber ...«

»Wir brauchen nicht länger darüber zu reden.« Marys Stimme hörte sich plötzlich sehr erschöpft an. »Nach Mrs. Bensons Aussage scheint ihr alle aus dem

Schneider zu sein.« Sie seufzte. »Ich werde mich jetzt ein wenig hinlegen. Ich bin sehr müde.«

Als Mary gegangen war, sagte Alison. »Ich glaube wirklich, sie verdächtigt einen von uns.«

»Oder uns alle«, sagte Philip.

Anne sagte: »Es wirkt fast so, als – ach, ich weiß auch nicht – als *wollte* sie, daß einer von uns schuldig ist.«

»Das ist doch verrückt«, meinte ihr Mann.

»Vielleicht ist es verrückt, aber ich glaube, es stimmt«, sagte Anne trotzig.

Als Mrs. Runfold nicht zum Essen erschien, ging Alison in ihr Zimmer hinauf. Sie fand ihre Mutter im Koma, neben sich ein leeres Fläschchen Schlaftabletten, und auf dem Nachttisch einen Zettel. Darauf stand: »Vergebt mir. Ich kann mir ein Leben ohne Robert nicht denken, deshalb gehe ich zu ihm.«

Mary Runfold wurde so schnell wie möglich ins Krankenhaus gebracht, aber es war zu spät. Sie starb noch am Nachmittag, ohne das Bewußtsein wiedererlangt zu haben.

Als Alison und Philip nach dem Doppelbegräbnis nach Hause kamen, war Alison überrascht und schokkiert zugleich, einen Brief in der unverwechselbaren Handschrift ihrer Mutter vorzufinden. Während Philip die Koffer hereintrug, ließ sie den noch ungeöffneten Brief schnell in ihre Handtasche gleiten. Sie las ihn erst, nachdem ihr Mann am nächsten Tag zur Arbeit gegangen war. Er war an dem Morgen abgestempelt, an dem ihre Mutter gestorben war.

EIN WEIHNACHTSFEST IN DER FAMILIE

Meine liebste Alison,
ich werde diesen Brief Parker geben, damit er ihn abschickt. Er ist nur für Dich bestimmt. Ich bin sicher, daß ich Dir vertrauen kann und Du ihn geheimhalten wirst.

Ich weiß kaum, wie ich Dir dies sagen soll. Weißt Du, Dein Vater war überzeugt, daß entweder Philip oder Derek während der Weihnachtstage versuchen würde, ihn zu vergiften – eher gesagt, daß sie ihm irgend etwas geben würden, was für einen gesunden Menschen nicht tödlich wäre, bei seinem Zustand aber einen Herzanfall auslösen würde. Ich schäme mich, es zuzugeben, aber obwohl ich den Gedanken als ganz und gar lächerlich von mir wies, war ich doch insgeheim seiner Meinung.

Ich wußte, daß Digitalis ein Herzstimulans ist, und kam auf die törichte Idee, es könnte ihm helfen, jedwedem Mittel zu widerstehen, das man ihm ins Essen geben würde, wenn es mir gelänge, ihm etwas davon zu verabreichen. Jedenfalls glaubte ich, es könne ihm nicht schaden. Ich bereitete die Mischung in der Nacht zu, bevor Ihr alle angekommen seid, nachdem Robert und Mrs. Benson längst im Bett waren. Dann tränkte ich das Verpackungspapier des Hagestolzknopfes darin, damit es in den Weihnachtspudding drum herum einsickern würde – und natürlich sorgte ich dafür, daß Robert ihn auch bekam.

Erst nach seinem Tod sagte mir der Doktor, daß ihn eine Überdosis getötet haben könnte.

Ich gestehe, daß ich gegen alles bessere Wissen gehofft habe, einer von Euch hätte ihn vergiftet, deshalb habe ich Euch alle so eindringlich befragt. Aber nun kann ich der Tatsache nicht länger aus dem Weg gehen: Ich habe Robert getötet.

Wenigstens werden Du und Anne jetzt das Geld Eures Vaters bekommen. Sonst konnte ich nichts für Euch tun.

Ob Ihr nun beschließt, das Haus zu verkaufen oder nicht, bitte vernichte den beim Eingangstor angepflanzten Fingerhut und sag Mrs. Benson, sie soll den kleinen Kupfertopf wegwerfen.

In inniger Liebe
Mutter

CHARLES DICKENS

Ein Licht fällt auf meinen Weg

Die Weihnachtszeit nahte, und ich war nun bereits zwei Monate zu Hause. Ich hatte Agnes oft gesehen. So laut mich auch die Stimme der Öffentlichkeit ermutigte und zu so eifrigen Anstrengungen sie mich auch anstachelte, ihr leisestes Lob ging mir doch über alles. Wenigstens einmal die Woche, und manchmal öfter, ritt ich nach Canterbury und verbrachte den Abend mit ihr. Meistens ritt ich nachts zurück, denn das alte unglückliche Gefühl lastete immer noch auf mir – am schmerzlichsten, wenn ich sie verlassen hatte –, und ich war froh, wenn ich in Bewegung sein konnte, anstatt im unerquicklichen Wachen oder in quälenden Träumen durch die Vergangenheit zu schweifen. Mit diesem Ritt verbrachte ich den längsten Teil mancher trüben Nacht, und die Gedanken, die mich während meiner langen Abwesenheit beschäftigt hatten, lebten dabei immer in mir auf.

Oder sollte ich lieber sagen: Ich lauschte dem Widerhall dieser Gedanken. Sie sprachen zu mir aus weiter Ferne. Ich hatte sie weit von mir gewiesen und stellte mich fest auf den mir beschiedenen Platz.

Wenn ich Agnes vorlas, was ich schrieb, wenn ich ihr lauschendes Gesicht sah, sie zum Lächeln oder zu Tränen bewegte und ihre herzliche Stimme so innig über die schattenhaften Ereignisse der phantastischen Welt, in der ich lebte, sprechen hörte, da dachte ich manchmal, welch ein Los das meine sein könne – aber ich dachte nur so, wie ich mir manchmal nach der Heirat mit Dora meine Frau gewünscht hätte.

Meine Pflicht gegen Agnes, die mich mit einer Liebe liebte, die ich nicht selbstsüchtig und kleinlich stören durfte, wenn ich sie nicht auf immer verlieren wollte, und die gereifte Überzeugung, daß ich, der Schmied meines eigenen Schicksals, früher besessen hatte, wonach ich jetzt mit der ganzen Leidenschaft meines Herzens strebte, daß ich also kein Recht hatte zu murren und mein Los ruhig tragen müsse – das war der Inbegriff dessen, was ich fühlte und gelernt hatte. Aber ich liebte sie. Und jetzt diente es mir einigermaßen zum Trost, wenn ich mir dunkel einen fernen Tag vorstellte, wo ich es ihr ungehindert gestehen durfte, wo alles dieses vorüber war, wo ich sagen konnte: »Agnes, so war es, als ich zurückkehrte, und jetzt bin ich alt und habe seitdem nie wieder geliebt.«

An ihr selbst ließ sich kaum eine Veränderung erkennen. Was sie mir immer gewesen, war sie noch.

Zwischen meiner Tante und mir herrschte seit dem Abend meiner Rückkehr in bezug auf diese Sache ein Zustand, den ich nicht ein gezwungenes Verhältnis nennen will oder ein Vermeiden dieses Gegenstandes, sondern eher ein stillschweigendes Einverständnis, über das wir beide nachdachten, ohne unseren Gedanken Worte zu geben. Wenn wir abends vor dem Feuer saßen, beschäftigten uns oft diese Gedanken so natürlich und erkennbar für den anderen, als ob wir es uns offen gesagt hätten. Aber wir beobachteten ein unverbrüchliches Schweigen. Ich glaube, daß sie an jenem Abend meine Gedanken wenigstens zum Teil gelesen hatte und vollständig begriff, warum ich sie nicht deutlicher ausgesprochen hatte.

Die Weihnachtszeit war da, und da Agnes mir nichts Neues mehr anvertraut hatte, begann ein schon mehrmals gespürter Zweifel – ob sie den wahren Zustand meines Herzens kenne und befürchte, mir durch Geständnisse Schmerz zu bereiten – mich schwer zu bedrücken. Wenn das der Fall war, galt mein Opfer nichts; meine einfachste Pflicht blieb unerfüllt, und die Kleinlichkeit, die ich hatte meiden wollen, verübte ich stündlich. Ich beschloß, dies unzweifelhaft zu klären, und, wenn eine solche Schranke noch zwischen uns bestehen sollte, sie mit entschlossener Hand niederzureißen.

Es war an einem kalten Wintertag – wieviel Grund habe ich, seiner zu gedenken. Es hatte einige Stunden vorher geschneit, und der Schnee bedeckte jetzt nicht tief, aber hartgefroren den Boden. Draußen auf dem Meer vor meinem Fenster wehte der Wind rauh aus Norden. Ich hatte ihn mir vorgestellt, wie er über die jetzt dem menschlichen Fuß unzugänglichen Schneewüsten der Schweizer Berge rasen mußte, und hatte darüber nachgedacht, was wohl einsamer sein möchte, diese öden Regionen oder das einsame Weltmeer.

»Du reitest heute aus, Trot?« sagte meine Tante, die den Kopf zur Tür hereinsteckte.

»Ja«, sagte ich, »ich reite nach Canterbury. Es ist ein guter Tag zum Reiten.«

»Ich hoffe, daß dein Pferd auch so denkt«, sagte meine Tante, »es senkt den Kopf und die Ohren dort vor der Tür draußen, als ob es den Stall vorzöge.«

Ich muß beiläufig bemerken, daß meine Tante mein Pferd auf den verbotenen Rasen ließ, aber gegen die Esel nicht gnädiger geworden war. »Es wird schon munter werden«, sagte ich.

»Der Ritt wird jedenfalls dem Herrn guttun«, bemerkte meine Tante mit einem Blick auf die Papiere auf dem Tisch. »Ach Kind, du bringst zu viele Stunden hier zu. Ich habe niemals beim Lesen der Bücher gedacht, wieviel Mühe es kostet, sie zu schreiben.«

»Es kostet manchmal Mühe genug, sie zu lesen«, gab ich zurück. »Und was das Schreiben betrifft, Tante, so hat das seine eigenen Reize.«

»Ah, ich verstehe«, sagte meine Tante. »Ehrgeiz, Lust an Beifall und Teilnahme und noch viel mehr, vermute ich. Nun mach, daß du fortkommst!«

»Hast du noch etwas gehört«, sagte ich und stand

ruhig vor ihr – sie hatte mir auf die Schulter geklopft und sich in meinen Stuhl gesetzt –, »von diesem Liebesverhältnis unserer Agnes?«

Sie sah mich eine Weile an, ehe sie antwortete.

»Ich glaube schon, Trot.«

»Bist du in deiner Meinung bestärkt worden?« fragte ich weiter.

»Ich glaube schon, Trot.«

Sie sah mich fest an mit einer Art von Zweifel oder Bedauern oder liebevoller Unsicherheit, daß ich nur um so fester entschlossen war, ihr ein heiteres Gesicht zu zeigen.

»Und da ist noch etwas, Trot«, sagte meine Tante.

»Ja?«

»Ich glaube, Agnes wird bald heiraten.«

»Gott segne sie«, sagte ich heiter.

»Gott segne sie«, sagte meine Tante. »Und auch ihren Gatten.«

Ich wiederholte es, verabschiedete mich von meiner Tante und ging rasch die Treppe hinab, bestieg mein Pferd und ritt fort. Ich hatte jetzt um so mehr Grund, meinen Entschluß auszuführen.

Wie deutlich ich mich des Rittes durch die Winterlandschaft erinnere. Die kleinen Eisstäubchen, die der Wind von den Grashalmen riß und mir ins Gesicht trieb; die hellen Klänge der Pferdehufe, die eine Melodie auf dem Boden spielten; der hartgefrorene Acker; die Schneewehen in der Kalkgrube, leicht vom wirbelnden Wind bewegt; das dampfende Gespann vor dem Wagen mit altem Heu, das auf der Spitze des Hügels Rast hielt und melodisch die Schellen schüttelte; die weiß überzogenen sanften Hügel und Täler der Dünen, die sich von dem dunklen Himmel abhoben, als wären sie auf eine große Schiefertafel gezeichnet.

Ich fand Agnes allein. Die kleinen Mädchen waren nach Hause gereist, und sie saß vor dem Feuer und las. Sie legte das Buch zur Seite, als sie mich eintreten sah, und nachdem sie mich wie gewöhnlich begrüßt hatte, nahm sie ihr Arbeitskörbchen und setzte sich in eins der altmodischen Fenster.

Ich saß neben ihr auf dem Fenstersitz, und wir sprachen von meinen Arbeiten, und wann ich fertig sein würde, und welche Fortschritte ich seit meinem letzten Hiersein gemacht hatte. Agnes war sehr heiter und prophezeite mir lachend, ich werde bald viel zu berühmt werden, als daß man mit mir noch über solche Gegenstände werde sprechen dürfen.

»So benutze ich denn die Gegenwart aufs beste, wie du siehst«, sagte Agnes, »und rede mit dir davon, solange ich darf.«

Als ich ihr schönes Gesicht, das auf die Arbeit blickte, ansah, erhob sie die sanften klaren Augen und sah, daß ich sie anblickte.

»Du bist heute sehr nachdenklich, Trotwood.«

»Agnes, soll ich dir gestehen, warum? Ich kam her, um es dir zu sagen.«

Sie legte die Arbeit weg wie gewöhnlich, wenn

wir etwas ernstlich besprachen, und schenkte mir ihre Aufmerksamkeit.

»Liebe Agnes, bezweifelst du, daß ich dir treu bin?«

»Nein!« erwiderte sie mit einem Blick des Erstaunens.

»Bezweifelst du, daß ich noch derselbe bin, der ich früher war?«

»Nein!« gab sie wie vorhin zur Antwort.

»Erinnerst du dich noch, daß ich dir nach meiner Rückkehr zu sagen versuchte, welche Schuld der Dankbarkeit ich an dich habe, geliebte Agnes, und wie tief ich das fühlte?«

»Ich erinnere mich dessen noch recht gut«, sagte sie sanft.

»Du hast ein Geheimnis«, sagte ich, »laß es mich teilen.«

Sie schlug die Augen nieder und zitterte.

»Es konnte mir kaum entgehen«, sagte ich, »selbst wenn ich es nicht gehört hätte – freilich seltsamerweise von andern Lippen als den deinen –, daß du jemandem den Schatz deiner Liebe geschenkt hast. Verbirg mir nicht das, was dein Glück so nahe betrifft! Wenn du mir so vertrauen kannst, wie du es sagst und wie ich es weiß, so laß mich dein Freund, dein Bruder in dieser Sache vor allen anderen sein!«

Mit einem flehenden, fast vorwurfsvollen Blick stand sie vom Fenster auf und eilte nach dem Hintergrund des Zimmers, als wisse sie nicht, wohin, bedeckte das Gesicht mit den Händen und brach in Tränen aus, die mir das Herz zerrissen.

Und dennoch erweckten sie leise Hoffnungen in mir. Ohne zu wissen, warum, verbanden sich diese Tränen mit dem stillen trüben Lächeln, das ich so gar nicht vergessen konnte, und machten mich mehr vor Hoffnung als vor Besorgnis oder Schmerz zittern.

»Agnes! Schwester! Liebste Schwester! Was habe ich getan!«

»Laß mich fort, Trotwood. Mir ist nicht wohl. Ich bin nicht bei mir selbst. Ich will später mit dir sprechen – ein anderes Mal. Ich werde schreiben. Sprich jetzt nicht weiter zu mir. Bitte, bitte tue es nicht!«

Ich suchte mich auf ihre Worte von jenem Abend zu besinnen, als ich mit ihr von ihrer Liebe sprach, die keiner Erwiderung bedürfe. Es war, als ob ich in einem Augenblick eine ganze Welt durchsuchen müßte.

»Agnes, ich kann diesen Anblick nicht ertragen, wenn ich denke, daß ich die Ursache bin. Teuerstes Mädchen, mir teurer als alles andere auf der Welt, wenn du unglücklich bist, so laß mich dein Unglück teilen. Wenn du Hilfe oder Rat suchst, so will ich versuchen, ihn dir zu geben. Wenn du wirklich eine Last auf dem Herzen hast, so laß mich versuchen, sie zu erleichtern. Für wen lebe ich, Agnes, wenn ich nicht für dich lebe!«

»Oh, schone mich. Ich bin nicht bei mir selbst. Ein anderes Mal.« Weiter konnte ich nichts verstehen.

Führte mich ein selbstsüchtiger Irrtum in die Irre? Oder tat sich mit diesem kleinen Schimmer der Hoffnung etwas auf, woran ich nicht zu denken gewagt hatte?

»Ich muß mehr sagen. So darfst du mich nicht verlassen!« rief ich. »Um des Himmels willen, Agnes, laß nach allen diesen Jahren und nach allem, was mit ihnen gekommen und gegangen ist, kein Mißverständnis zwischen uns entstehen. Ich muß deutlich sprechen. Wenn du noch einen Gedanken hegst, daß ich jemandem das Glück, das du spendest, neiden, daß ich dich nicht einem geliebten Beschützer deiner eigenen Wahl hingeben, daß ich nicht von meinem entfernten Platz aus ein zufriedener Zeuge deines Glückes sein könnte, so vergiß diesen Gedanken, denn ich verdiene ihn nicht. Ich habe nicht ganz vergebens gelitten. Du hast mich nicht ganz vergebens erzogen. Es ist keine Beimischung von Selbstsucht in dem, was ich für dich fühle.«

Sie war jetzt ruhiger geworden. Nach einer kleinen Weile wendete sie mir ihr blasses Gesicht zu und sagte mit leiser, dann und wann stockender, aber sehr deutlicher Stimme:

»Ich bin es deiner reinen Freundschaft für mich schuldig, Trotwood, und ich setze keinen Zweifel in sie, dir zu sagen, daß du dich irrst. Ich kann weiter nichts tun. Wenn ich manchmal im Verlauf der Jahre Hilfe und Rat gebraucht habe, so sind sie gekommen. Wenn ich manchmal unglücklich gewesen bin, so ist der Schmerz vergangen. Wenn ich jemals eine Last auf dem Herzen hatte, so ist sie leichter geworden. Wenn ich ein Geheimnis habe, so ist es kein neues und ist nicht das, was du denkst. Ich kann es nicht enthüllen oder teilen. Es ist lange mein gewesen und muß mein bleiben.«

»Agnes! Warte! Einen Augenblick!«

Sie wollte fortgehen, aber ich hielt sie zurück. Ich umschlang sie mit meinen Armen. *Im Verlauf der Jahre ... Es ist kein neues.* Neue Gedanken und Hoffnungen stürmten mir durch die Seele, und alle Farben meines Lebens veränderten sich.

»Teuerste Agnes! Die ich so sehr verehre und achte – die ich so innig liebe. Als ich heute hierherkam, glaubte ich, daß mir nichts dieses Bekenntnis entreißen könnte. Ich glaubte, ich würde es in meiner Brust verschlossen halten können, bis wir alt wären. Aber Agnes, wenn ich wirklich zu der neugeborenen Hoffnung berechtigt bin, daß ich dich jemals anders nennen kann als Schwester, daß du mir mehr, viel mehr werden kannst als Schwester.«

Ihre Tränen flossen reichlich; aber sie waren anders als die vorhin geweinten, und meine Hoffnungen erstarkten an ihnen.

»Agnes! Immer meine Vertraute und beste Stütze. Wenn du mehr an dich und weniger an mich gedacht hättest, als wir hier zusammen aufwuchsen, glaube ich wohl, mein achtlos leichtsinniges Herz hätte sich nie von dir weg verirrt. Aber du warst soviel besser als ich, warst mir so notwendig in meinen knabenhaften Hoffnungen und Enttäuschungen, daß es mir zur zweiten Natur wurde, dich zur Vertrauten und Stütze in allem zu haben, und daß dadurch die erste und größere, dich zu lieben, wie ich es tue, in den Hintergrund gedrängt wurde.«

Sie weinte immer noch, aber nicht vor Schmerz – sondern vor Freude. Ich hielt sie an meiner Brust, wie ich sie noch nie gehalten hatte, wie ich nicht gedacht hatte, sie jemals umarmt zu halten.

»Als ich Dora liebte – herzlich und aufrichtig liebte, Agnes, wie du weißt, Agnes ...«

»Ja«, sagte sie voller Ernst. »Und ich freue mich, es zu wissen.«

»Als ich sie liebte – selbst da wäre meine Liebe unvollständig gewesen ohne deine Teilnahme. Ich besaß sie, und sie machte meine Liebe vollkommen. Und als ich Dora verlor, Agnes, was wäre ich da ohne dich gewesen?«

Fester in meinen Armen, näher an meinem Herzen, die Hand zitternd auf meine Schulter gestützt, die liebenden Augen durch Tränen den meinen entgegenglänzend!

»Ich verließ die Heimat, geliebte Agnes, und liebte dich. Ich war in der Fremde und liebte dich. Ich kehrte zurück und liebe dich!«

Und jetzt versuchte ich ihr den Kampf, den ich ausgestanden, und den Entschluß, den ich endlich gefaßt hatte, begreiflich zu machen. Ich versuchte ihr meine

Seele offen und unverhüllt zu zeigen. Ich versuchte ihr zu zeigen, wie ich gehofft hatte, sie und mich besser kennenzulernen, wie ich mich dieser besseren Kenntnis gefügt hatte, und wie ich heute, treu meinem Gelübde, zu ihr gekommen sei. Wenn sie mich so liebte, sagte ich, daß sie mich zum Gatten nehmen könnte, so könnte sie es tun, aber nicht, weil ich es verdiente, außer durch die Wahrheit meiner Liebe und die Leiden, in denen sie zu dem herangereift war, was sie war; und deshalb enthüllte ich ihr mein Herz. Und ach, Agnes, selbst aus deinen treuen Augen sah in diesem Augenblick der Geist meines kindischen Weibchens auf mich herab, sagte, es sei gut so, und erweckte in mir durch dich die zartesten Erinnerungen an die Blüte, die in der schönsten Frische verwelkt war.

»Ich bin so glücklich, Trotwood – mein Herz ist so voll – aber eins muß ich dir noch sagen.«

»Geliebteste, was?«

Sie legte ihre Hand sanft auf meine Schulter und sah mir ruhig ins Gesicht.

»Weißt du jetzt, was es ist?«

»Ich scheue mich, darüber nachzugrübeln. Sag es mir lieber.«

»Ich habe dich geliebt mein ganzes Leben lang.«

Ach, wir waren glücklich. Unsere Tränen galten nicht den Prüfungen (die ihrigen waren bei weitem die größeren), durch die wir so weit gekommen waren, sondern der Wonne, dahin gekommen zu sein und nie wieder getrennt zu werden.

EIN LICHT FÄLLT AUF MEINEN WEG

Wir gingen an diesem Winterabend draußen im Freien spazieren, und die selige Ruhe in uns schien sich der kalten Luft mitzuteilen. Die Sterne fingen an zu scheinen, während wir noch draußen waren, und als wir zu ihnen hinaufblickten, dankten wir Gott, daß er uns zu dieser Ruhe geführt hatte.

Wir standen abends zusammen in demselben altmodischen Fenster, als der Mond schien; Agnes blickte mit ihren milden Augen hinauf, und ich folgte ihrem Blick. Lange Meilen Wegs taten sich da auf vor meinem Geist, und ich sah die Straße entlang einen zerlumpten, verlassenen und vernachlässigten, müden Knaben wandern, welcher dereinst das Herz, das jetzt an meinem schlug, sein eigen nennen sollte.

Es war fast Essenszeit am nächsten Tage, als wir vor meiner Tante erschienen. Sie sei in meinem Studierzimmer, sagte Peggotty – es war nämlich ihr Stolz, es für mich stets in Ordnung zu halten. Sie saß dort mit der Brille am Feuer.

»Meine Güte!« sagte meine Tante und versuchte durch die Dämmerung zu blicken. »Wen bringst du denn da mit nach Hause?«

»Agnes«, sagte ich.

Da wir uns verabredet hatten, anfangs nichts zu sagen, war es meiner Tante wenig behaglich. Sie warf mir einen hoffnungsvollen Blick zu, als ich sagte: »Agnes.« Aber da ich ganz so aussah wie gewöhnlich, nahm sie in ihrer Verzweiflung die Brille ab und rieb sich damit die Nase.

Sie empfing dennoch Agnes auf das herzlichste, und wir befanden uns bald in dem Parterrewohnzimmer beim Essen. Meine Tante setzte zwei- oder dreimal die Brille auf, um mich eingehend zu betrachten, aber nahm sie ebensooft getäuscht wieder ab und rieb sich die Nase damit. Dies geschah sehr zu Mr. Dicks Unbehagen, der darin ein schlechtes Zeichen sah.

»Übrigens, Tante«, sagte ich nach dem Essen, »ich habe mit Agnes über das, was du mir sagtest, gesprochen.«

»Dann, Trot«, sagte meine Tante und wurde rot, »hast du Unrecht getan und dein Versprechen gebrochen.«

»Du bist doch nicht böse, Tante, du kannst es nicht sein, wenn du erfährst, daß Agnes kein unglückliches Liebesverhältnis hat.«

»Dummes Zeug!« sagte meine Tante.

Da sie unangenehm berührt zu sein schien, hielt ich es fürs beste, der Sache ein Ende zu machen. Ich führte Agnes hinter ihren Stuhl, und wir beugten uns über sie herab. Die Hände zusammenschlagend und nach einem Blick durch die Brille bekam meine Tante sogleich Krämpfe, das erste und einzige Mal in ihrem Leben, soviel ich weiß.

Die Krämpfe riefen Peggotty herbei. Sowie meine Tante wieder zu sich gekommen war, stürzte sie auf Peggotty los, nannte sie ein törichtes altes Geschöpf und umarmte sie aus allen Kräften. Danach umarmte sie Mr. Dick (der sich hochgeehrt fühlte, aber sehr überrascht war), und danach sagte sie ihm, warum. Dann waren wir alle sehr glücklich.

Ich konnte nicht entdecken, ob sich meine Tante in ihrer letzten kurzen Unterredung mit mir einen frommen Betrug erlaubt oder meinen Gemütszustand wirklich mißverstanden hatte. Es wäre gerade genug, sagte sie, daß sie mir gesagt habe, Agnes würde sich verheiraten, und ich wisse jetzt besser als jeder andere, wie wahr es sei.

Vierzehn Tage später war Hochzeit. Traddles und Sophie, der Doktor und Mrs. Strong waren die einzigen Gäste bei unserer stillen Trauung. Wir verließen sie voller Freude und fuhren zusammen nach London. In meinen Armen hielt ich jetzt die Quelle jedes würdigen Strebens, das mich erfüllt hatte; den Mittelpunkt meines Selbst, den Umkreis meines Lebens, meine eigene teure Gattin, und meine Liebe zu ihr war auf einem Felsen gegründet.

»Bester Mann«, sagte Agnes. »Jetzt, wo ich dir diesen Namen geben darf, habe ich dir noch etwas zu sagen.«

»Was ist es, Liebe?«

»Es hängt mit dem Abend zusammen, an dem Dora starb. Sie ließ mich durch dich rufen.«

»Ja.«

»Sie sagte mir, sie hinterlasse mir etwas. Hast du erraten, was es war?«

Ich glaubte, ich könnte es. Ich zog die Frau, die mich so lange geliebt hatte, dichter an mich.

»Sie sagte, sie habe eine letzte Bitte an mich und hinterlasse mir einen letzten Auftrag.«

»Und der war?«

»Daß nur ich an diese leere Stelle treten möchte.«

Und Agnes legte ihr Haupt an meine Brust und weinte; und ich weinte mit ihr, obgleich wir so glücklich waren.

QUELLENNACHWEIS

Rosamunde Pilcher: Erinnerungen an Weihnachten. Originalbeitrag. Originaltitel: Christmas Remembered. Copyright © Rosamunde Pilcher, 2006. Aus dem Englischen von Annette Meyer-Prien. Copyright © 2006 by Ullstein Buchverlage GmbH, Berlin.

Laurie Lee: Die Weihnachtssänger. Aus: Laurie Lee: Cider with Rosie. Hogarth Press. Copyright © Random House Group Ltd. Aus dem Englischen von Annette Meyer-Prien. Copyright © 2006 by Ullstein Buchverlage GmbH, Berlin.

Daphne du Maurier: Fröhliche Weihnachten. Copyright © 1942 und 1984 by Daphne du Maurier. Aus: Daphne du Maurier/W. Somerset Maugham/Agnes S. Turnbull: Weihnacht erleben. Drei ungewöhnliche Heilige-Nacht-Erzählungen. Vermittelt durch Curtis Brown Group, London, und Agence Hoffman, München. Aus dem Englischen von Christiane Halket. Copyright © 1985 by Diana Verlag, München, ein Unternehmen der Verlagsgruppe Random House GmbH.

QUELLENNACHWEIS

Sophie Kinsella: Wenn sechs Gänschen brüten. Deutsche Erstveröffentlichung. Originaltitel: Six Geese a-Laying. Copyright © Sophie Kinsella, 2004. Aus dem Englischen von Annette Meyer-Prien. Copyright © 2006 by Ullstein Buchverlage GmbH, Berlin.

Eva Ibbotson: Der Große Karpfen Ferdinand. Originaltitel: The Great Carp Ferdinand. Copyright © Eva Ibbotson. Vermittelt durch Curtis Brown Group, London, und Agence Hoffman, München. Aus dem Englischen von Annette Meyer-Prien. Copyright © 2006 by Ullstein Buchverlage GmbH, Berlin.

Helen Cross: Wenn sieben Schwäne schwimmen. Deutsche Erstveröffentlichung. Originaltitel: Seven Swans a-Swimming. Copyright © Helen Cross, 2004. Veröffentlicht mit Genehmigung Nr. 65'941 der Paul & Peter Fritz AG in Zürich. Aus dem Englischen von Annette Meyer-Prien. Copyright © 2006 by Ullstein Buchverlage GmbH, Berlin.

David Henry Wilson: Der doppelte Weihnachtsmann. Deutsche Erstveröffentlichung. Aus: Getting Rich with Jeremy James. Copyright © David Henry Wilson, 1979. Abdruck mit Genehmigung der Liepman AG, Zürich. Aus dem Englischen von Annette Meyer-Prien. Copyright © 2006 by Ullstein Buchverlage GmbH, Berlin.

Patricia Moyes: Ein Weihnachtsfest in der Familie. Originaltitel: Family Christmas. Copyright © Patricia Moyes.

QUELLENNACHWEIS

Vermittelt durch Curtis Brown Group, London, und Agence Hoffman, München. Aus dem Englischen von Annette Meyer-Prien. Copyright © 2006 by Ullstein Buchverlage GmbH, Berlin.

Charles Dickens: Ein Licht fällt auf meinen Weg. Aus: David Copperfield. Copyright © 1938 by Williams & Co. Verlag. Nach der Übersetzung von Julius Seybt.

Matthias Wegehaupt
Die Insel

Roman. www.list-taschenbuch.de
ISBN 978-3-548-60703-0

Von 1970 bis 1989 in der DDR geschrieben, jetzt erst publiziert: ein großes Epos über vierzig Jahre deutscher Geschichte. Der Maler Unsmoler ist auf die Insel seiner Jugend zurückgekehrt, um fern von politischen Zwängen zur künstlerischen Vollendung zu finden. Den Inselbewohnern ein Fremder und dem »Inselchef« und dem »Mitarbeiter« ein Unliebsamer, merkt er jedoch schnell, dass es keinen Ort der Zuflucht gibt.

»Wo bleibt der große Roman, der das Insel-Experiment DDR glaubwürdig beschreibt? Hier ist er.«
Schweriner Volkszeitung

»Ein gewaltiger Roman, genau beobachtet und mit großer Fabulierlust geschrieben. Eine echte Entdeckung.« *NDR*

List Taschenbuch

John Fowles
Die Geliebte des französischen Leutnants

Roman. www.list-taschenbuch.de
ISBN 978-3-548-60656-9

Für den lebensfrohen Gentleman und aristokratischen Müßiggänger Charles Smithson wird die Bekanntschaft mit Sarah Woodruff zu einer schicksalhaften Begegnung. Die mysteriöse Frau gilt im Hafenstädtchen Dorset als »Gefallene« – hat sie sich doch, so das Gerücht, einem schiffbrüchigen französischen Leutnant hingegeben. Charles kann dem Reiz der rätselhaft anziehenden Frau nicht widerstehen ...

»Fowles berühmtester und erfolgreichster Roman«
Frankfurter Allgemeine Zeitung

List Taschenbuch

Paul Murray
An Evening of Long Goodbyes

Roman. www.list-taschenbuch.de
ISBN 978-3-548-60676-7

Für Charles Hythloday ist die Welt im Großen und Ganzen in Ordnung. Warum sich anstrengen, solange er im Herrenhaus der Familie in den Tag hineinleben kann? Der verwöhnte junge Herr sieht seine Aufgabe einzig darin, den Lebensstil des Landedelmanns wiederzubeleben. Aber Charles' Familie ist nicht so vermögend, wie er immer dachte. Er muss sich einen Job suchen und landet in Dublins Armenviertel. Auf diese harte Realität ist er nicht vorbereitet. Andererseits ist das wirkliche Leben auch nicht vorbereitet auf einen wie Charles Hythloday ...

»Murray ist von geradezu draufgängerischer Lust an der Sprache besessen ... ein perfekter Formulierungskünstler.« *Frankfurter Allgemeine Zeitung*

»Paul Murray hat eine umwerfende Familiengeschichte voll Komik und zärtlicher Momente ausgeheckt.« *Spiegel Special*

List Taschenbuch

Anne Tyler
Dinner im Heimweh-Restaurant

Roman. www.list-taschenbuch.de
ISBN 978-3-548-60694-1

Pearl Tull ist zierlich und zäh, eigenwillig und oft schwer zu ertragen. Ihr dandyhafter Mann Beck schlägt sich als Vertreter durch, während Pearl das perfekte Zuhause für sich und ihre Familie schaffen will – so perfekt, dass Beck sich eines Tages auf und davon macht. Unbeirrbar hält Pearl jahrelang an dem Glauben fest, Beck könnte jeden Moment zur Tür hereinkommen – aber er kommt nicht ...

»Große Schriftsteller wie John Updike, Jonathan Franzen und Nick Hornby haben immer gesagt: ›Anne Tyler gehört zum Besten, was wir an Erzählern gegenwärtig haben.‹« *Elke Heidenreich in Lesen!*

»Anne Tyler ist eine Zauberin. Voller Witz, Wissen und Neugier ... eine wunderbare Schriftstellerin.«
The New York Times

List Taschenbuch

Ronlyn Domingue
Alle Tage, alle Nächte

Roman. www.list-taschenbuch.de
ISBN 978-3-548-60702-3

Razi und Andrew sind rettungslos ineinander verliebt. Doch noch bevor Razi Andrews Heiratsantrag annehmen kann, stirbt sie nach einem Unfall in seinen Armen. Und das ist der Beginn einer großen Liebesgeschichte.

»Liebe und Tod verschränken sich in diesem poetischen Roman zu einer mysteriösen Einheit. Wunderschön.«
Elle

List Taschenbuch